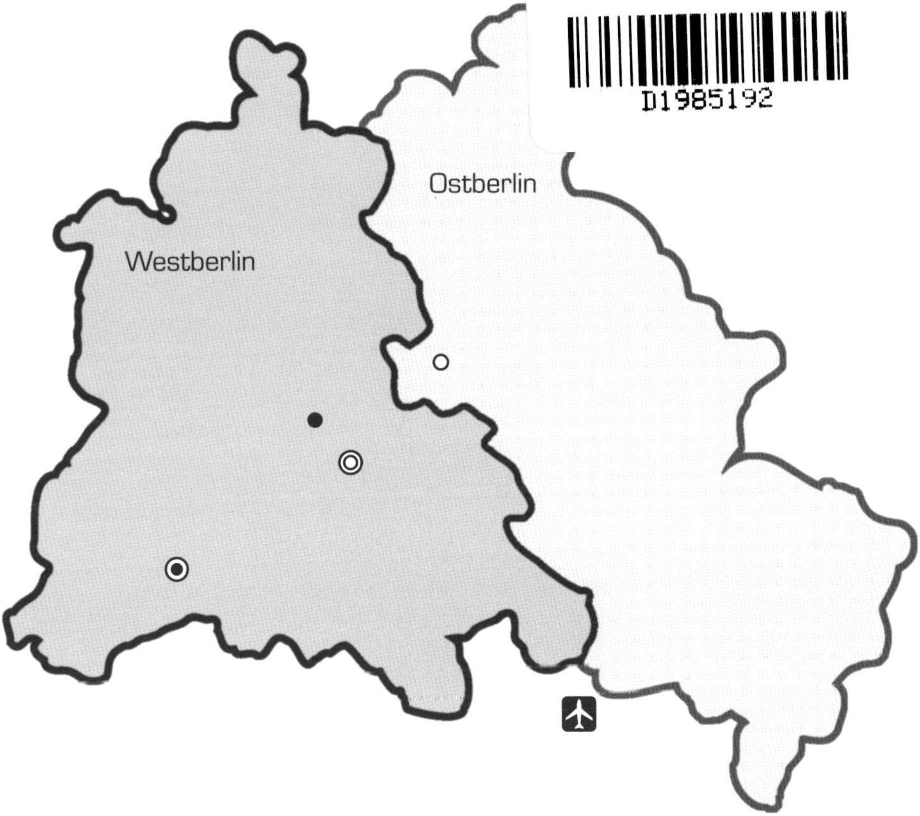

Westberlin, Marinesteig 14, Schlachtensee

Westberlin, Schöneberger Rathaus, Schöneberg

Westberlin, Groschen-Diele, Savignyplatz, Charlottenburg

Ostberlin, Wilhelm-Pieck-Straße 10, Prenzlauer Berg

DDR, Generalshotel, Zentralflughafen Berlin-Schönefeld

C H V

BUDE MUNK WIELAND

TRANSIT 64

Roman | Hanser

1. Auflage 2025

ISBN 978-3-446-28420-3

Vilshofener Straße 10 | 81679 München | info@hanser.de

Umschlag: LNT-Design, Köln unter Verwendung eines
Motivs aus dem Innenteil von Bettina Munk
Abbildungen im Innenteil: © Bettina Munk
Satz: Greiner & Reichel, Köln
Druck und Bindung: Friedrich Pustet, Regensburg
Printed in Germany

FSC
www.fsc.org
MIX
Papier | Fördert
gute Waldnutzung
FSC® C014889

»Und was man ist, das blieb man andern schuldig.«

Johann Wolfgang von Goethe, *Torquato Tasso,* I,1

INHALT

Eine
Zigarette, ich brauche
dringend eine Zigarette.
Ich muß nur noch heil die Gangway
runterkommen, im Flughafengebäude
wird man wohl rauchen dürfen. War
Lenin nicht Kettenraucher?

Der Arme ist ganz nervös. Es war ein
Fehler. Ich hätte keinen Zwischenstopp
einlegen sollen. Von Paris nach
Warschau, das
wäre es gewesen.
Die Franzosen und die Polen sind
sich nah. Was mach ich nur bei
diesem Scheißvolk, das sich
sowieso nie ändern wird.

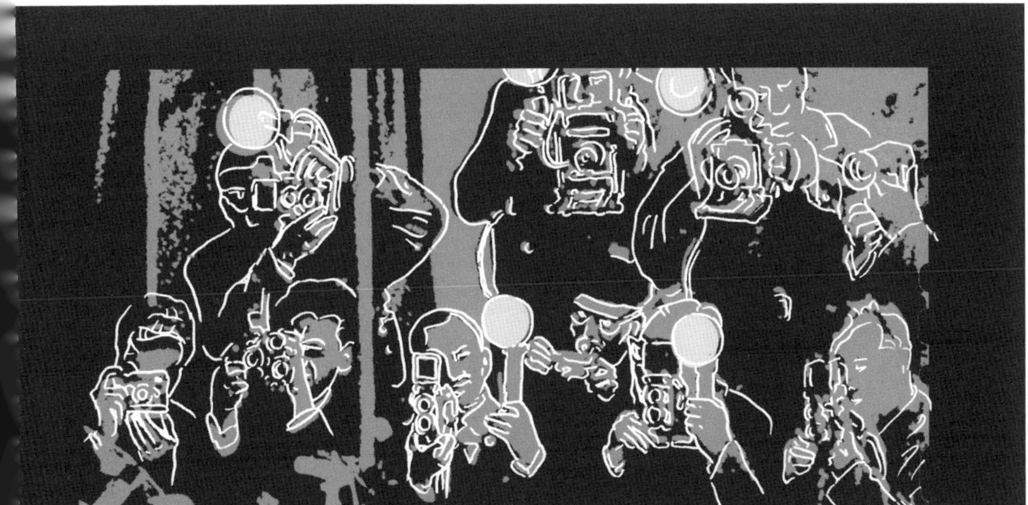

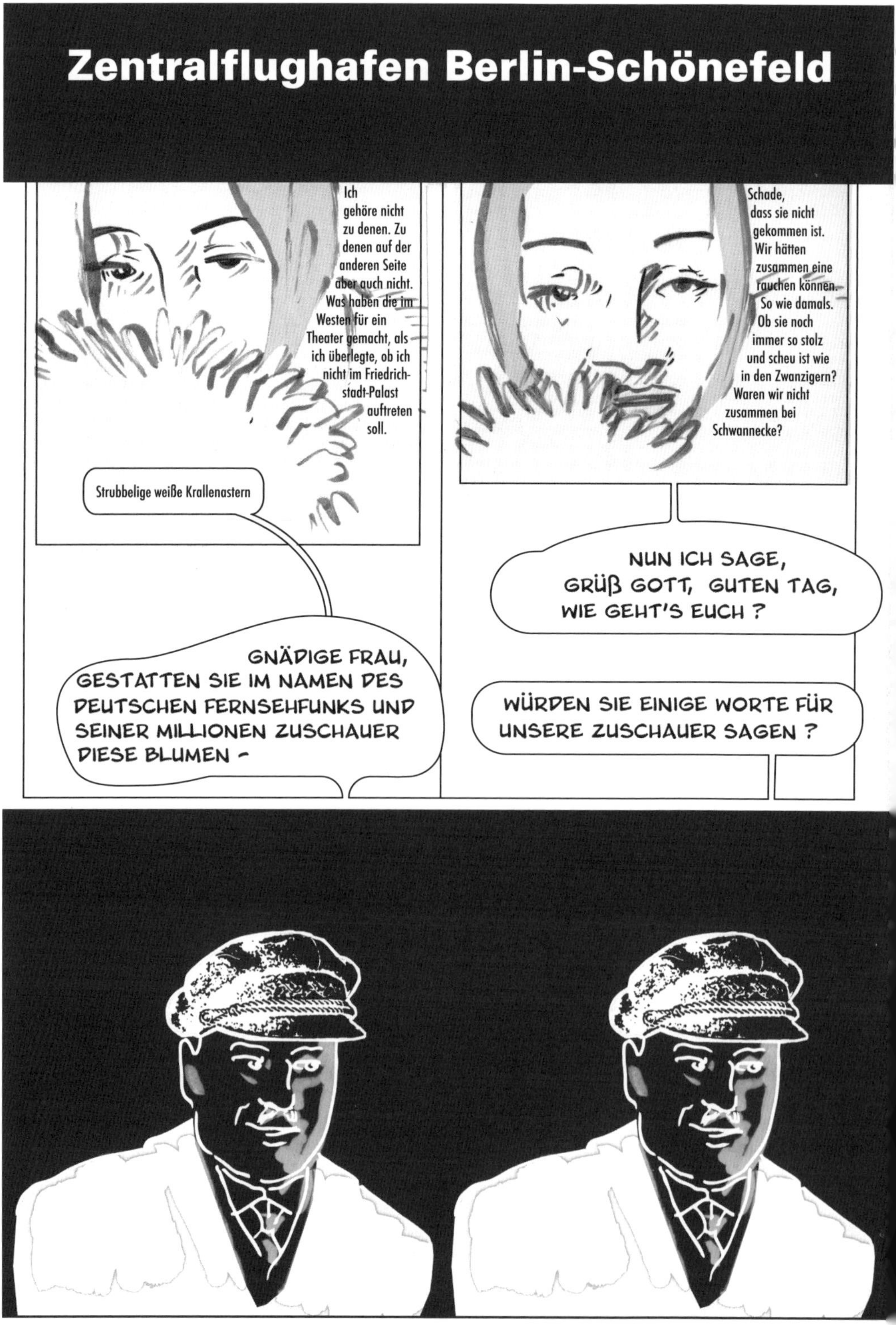

Zentralflughafen Berlin-Schönefeld
Ich gehöre nicht zu denen. Zu denen auf der anderen Seite aber auch nicht. Was haben die im Westen für ein Theater gemacht, als ich überlegte, ob ich nicht im Friedrich-stadt-Palast auftreten soll.
Schade, dass sie nicht gekommen ist. Wir hätten zusammen eine rauchen können. So wie damals. Ob sie noch immer so stolz und scheu ist wie in den Zwanzigern? Waren wir nicht zusammen bei Schwannecke?
Strubbelige weiße Krallenastern
NUN ICH SAGE, GRÜß GOTT, GUTEN TAG, WIE GEHT'S EUCH ?
GNÄDIGE FRAU, GESTATTEN SIE IM NAMEN DES DEUTSCHEN FERNSEHFUNKS UND SEINER MILLIONEN ZUSCHAUER DIESE BLUMEN -
WÜRDEN SIE EINIGE WORTE FÜR UNSERE ZUSCHAUER SAGEN ?

UND
SO

15. JANUAR 1964

DDR, ZENTRALFLUGHAFEN BERLIN-SCHÖNEFELD

Um die Wahrheit zu sagen, weiß sie vom ersten Moment an nicht, was sie hier eigentlich soll. Hier, in dieser Stadt, in der sie gefühlt vor zwei Jahrhunderten geboren worden ist und jetzt angeblich von einer Regierungsdelegation empfangen werden soll. Sie versucht sich zu erinnern, ob sie jemals schon in diesem Schönefeld gewesen ist. In Schöneberg geboren, aber Schönefeld? *Eine Zigarette, ich brauche dringend eine Zigarette. Ich muss nur noch heil die Gangway runterkommen, im Flughafengebäude wird man wohl rauchen dürfen. War Lenin nicht Kettenraucher?*

Sibirien ist das da draußen nicht, aber eiskalt wird es sein. Sie ist froh, dass sie den gefütterten Lammfellmantel anhat. Ihre Nerze sind verhökert, um Hotelrechnungen bezahlen zu können, aber dieser Lammfellmantel ist ihr geblieben, und der tut auch seine Dienste. Das Rollfeld sieht nass aus. Sie bindet sich ein Chiffonkopftuch um, knotet es unterm Kinn. Auf einmal hat Marlene Dietrich ein ganz kleines, trauriges Gesicht.

Das Empfangskomitee besteht aus drei Männern. Erwartungsvoll stehen sie im Nieselregen. Ihr Anführer, zu erkennen an seiner Teddy-Thälmann-Mütze, ist ein baumlanger Kerl mit der Figur eines Schwimmers. Seine tellergroßen Handrücken sind mit dunklen Haaren übersät. Mit dem Kopf noch in den Wolken, schreckt sie zurück, als er ihr mit einem schiefen, verunglückten Lächeln die noch eingepackten Blumen überreicht. *Der Arme ist ganz nervös. Es war ein Fehler.*

Ich hätte keinen Zwischenstopp einlegen sollen. Von Paris nach Warschau, das wäre es gewesen. Die Franzosen und die Polen sind sich nah. Was mach ich nur bei diesem Scheißvolk, das sich sowieso nie ändern wird.
»Gnädige Frau, gestatten, mein Name ist Wolf Kaiser. Ich spiele den Mackie Messer und bin der Ersatz für Helene Weigel, die es ausdrücklich bedauert, dass sie Sie nicht persönlich in der Hauptstadt der Deutschen Demokratischen Republik willkommen heißen kann. Als Künstlerin werden Sie sicher Verständnis dafür haben, dass die Arbeit Vorrang hat. Übermorgen ist Premiere von Mann ist Mann, sie leitet die Proben und ist unabkömmlich. Also hat sie mich gebeten, Ihnen zum Zeichen ihrer Hochachtung für Ihren Kampf gegen den Faschismus diese Blumen zu überreichen.«
Schade, dass sie nicht gekommen ist. Wir hätten zusammen eine rauchen können. So wie damals. Ob sie noch immer so stolz und scheu ist wie in den Zwanzigern? Waren wir nicht zusammen bei Schwannecke? Bein hat sie nie gezeigt, konnte dafür aber laut sprechen. Den Brecht hat ja keiner verstanden mit seinem Krächzen und seinem seltsamen Dialekt. Der konnte froh sein, dass er die Weigel hatte. »Danke.« Leise singt sie: »Und der Haifisch, der hat Zähne, und die trägt er im Gesicht, und Macheath, der hat ein Messer, doch das Messer sieht man nicht.«
Es ist noch nicht einmal vier Uhr nachmittags, doch im Flughafengebäude, einem lang gestreckten Bau, brennt schon Licht. *Wie schnell es hier im Winter dunkel wird. Als Kind mochte ich diese langen Dämmerungen, zarten Wintermorgenröten und nüchtern hellen Tagesfarben. Auf dem Schulweg frühmorgens, im Winter, kniff ich die Augen zusammen, und meine Tränen verwandelten das blasse Licht der Straßenlaternen in glitzernde Sterne. Wann habe ich damit aufgehört? Und wo sind eigentlich meine Zigaretten?*
Die Empfangshalle gefällt ihr. Schnörkellos, klar, funktional, irgendwie preußisch. Marlene Dietrich findet sich im Transit wieder. Eine

Heimatlose in der Heimat. Angekommen in einem Land, das ihr vollkommen fremd ist und das es noch nicht lange gibt. *Ich gehöre nicht zu denen. Zu denen auf der anderen Seite aber auch nicht. Was haben die im Westen für ein Theater gemacht, als ich überlegte, ob ich nicht im Friedrichstadt-Palast auftreten soll.*
»Gnädige Frau, im Namen des Deutschen Fernsehfunks und seiner Millionen Zuschauer diese Blumen. Wären Sie so freundlich und würden einige Worte an unsere Zuschauer richten?« Der eilfertige junge Mann mit dem kleinen Schnurrbart beugt sich zu ihr herunter und hält ihr das Mikrofon vor die Nase. »Nun, ich sage Grüß Gott, Guten Tag, wie geht's euch.«
Grüß Gott, warum sagt sie denn Grüß Gott? Was soll das denn? Kein Berliner und erst recht kein Ostberliner sagt je Grüß Gott. Dem jungen Mann bricht der Schweiß aus. Schnell schiebt er die nächste Frage nach.
»Gnädige Frau, ist Ihnen bekannt, dass zurzeit Ihr Film Das Urteil von Nürnberg hier in den Filmtheatern läuft?«
»Nein, das weiß ich nicht«, antwortet sie mit gelangweiltem Dietrich-Unterton.
»Er läuft hier in Ostberlin, und viele Zuschauer können Sie darin bewundern. Hatten Sie große Freude an dieser Rolle?«
»Mmmmmm, nein, ich mach ja Filme nicht sehr gerne. Viel lieber mach ich, was ich jetzt mache.«
»Ahhh ja. Dürfte ich fragen, wohin Sie reisen und was Sie dort vorhaben?
»Ich fahre für drei Tage nach Warschau und singe dort zwei Vorstellungen am Tag.«
Dass sie im Mai und Juni Konzerte in Moskau und Leningrad geben wird, behält sie lieber für sich. Das hat ihr Rudi, ihr Mann, geraten. Der hat Angst um sie, wenn sie in den Osten reist. Rudi versteht auch

nicht, warum sie sich das antut. Sie hat doch genug Angebote in der freien Welt, aber nein, es muss ausgerechnet Warschau sein. Das soll er mal ihr überlassen. Sie weiß genau, was sie tut.

Marlene Dietrich würde jetzt gerne aufstehen und gehen, *aber das hat keinen Sinn. The show must go on. Im Hotelzimmer verdämmere ich nur den Tag, fühle mich nutzlos und einsam.*

»Mackie Messer, haben Sie Feuer für mich?«

Warum schmeckt diese Zigarette so scheußlich? Das Kratzen im Hals – in Paris habe ich das nie. Wird wohl die Berliner Luft sein. Judgment at Nuremberg, das war doch mit dem jungen Maximilian Schell. Kam der sich wichtig vor. Setzte sich in den Drehpausen demonstrativ abseits und las Proust. Das passt doch überhaupt nicht zusammen: ein Filmstar und Proust. Ist eben ein Schweizer. Der ganze Film war eine einzige Zumutung. Immer diese schreckliche Marschmusik! Habe ich etwa mitgeschunkelt in der Rheinweinkneipe? Trink, Brüderlein, trink, so ein Quatsch. Nicht mal einen Vornamen hatte ich, spielte nicht die Witwe Bolte, sondern die Witwe Berthold, die an das bessere Deutschland glaubt. Wir müssen vergessen, war mein wichtigster Satz. Was für ein Quatsch! Pah! Alle Deutschen sind Ungeheuer. Boni fand mich großartig als Preußin. Schön, kalt, arrogant, abscheulich, genau so hat er es gesagt. Mit aristokratischer Haltung. Na ja. Noch großartiger wäre ein Oscar gewesen, aber den haben sie dem Schell zugeschanzt. Nicht einmal nominiert haben sie mich. Als Naziwitwe gewinnt man eben keinen Oscar.

Sie sind jetzt in einem Hinterzimmer gelandet. Sitzen leicht verlegen um einen viereckigen Tisch herum. Die Dietrich, Mackie Messer, der junge Mann mit dem kleinen Schnurrbart, der sein Mikrofon nicht aus der Hand legen mag, und mehrere Frauen und Männer, die sich als Journalisten vorstellen oder nichts sagen und eifrig fotografieren. Während die Dietrich, noch immer im Mantel mit Kopftuch, die beklommene Stimmung im Blitzlichtgewitter ignoriert, werden die anderen zusehends unruhiger. Ist diese elegante, leicht hochmütige Frau wirklich eine Antifaschistin? Sie hat einen US-amerikanischen Pass, vermutlich unendlich viel Geld und bestimmt noch nie eine Zeile Marx gelesen. Kann so eine überhaupt Antifaschistin sein? Über was sollen sie denn mit der reden? Vielleicht ist sie eine Spionin? Warum ist die Weigel nicht da? Die ist auch Schauspielerin und hätte die Situation im Griff.

Marlene Dietrich hat gar keine Lust, sich so kämpferisch antifaschistisch zu geben, wie die anderen gern glauben wollen, dass sie es sei. Sie sitzt da, lächelt in sich hinein und schaut dem bläulichen Rauch ihrer Zigarette nach, der sich in eleganten Schleifen im Raum verteilt. *John ist im letzten Sommer hier gewesen, oder? Im Sommer ein Berliner und im Herbst erschossen in Dallas. Poetry and Power, das war einmal.*

Erst als die Sektkorken knallen, lockert sich die Stimmung ein wenig auf. *Hinter dem Eisernen Vorhang leben die doch sehr vergnügt. Was für ein Willkommen with the flowers and the excellent Russian Champagne.*

»Nein, nein, von Straßenkämpfen zwischen Nazis und Kommunisten oder so habe ich nichts mitbekommen. Ich stand auf der Bühne oder war im Studio, hatte ein kleines Kind, musste arbeiten, Geld verdienen, hatte keine Zeit für solche Scherze. Politik hat mich nicht interessiert. Als der Stresemann starb, da war vielleicht was los. Überall Trauerflor, Trauermarsch, Trauermusik. Man wurde schon ganz kirre vor so viel Trauer. Der Stresemann sah ja noch nie sonderlich gesund aus, hab mich also nicht gewundert, dass der plötzlich umfiel – beim Zähneputzen, oder? – und tot war. Ich kann mich deshalb erinnern, weil das um die Zeit war, als der Sternberg mich als Lola engagiert hat. Die Dreigroschenoper, da hat der Stresemann noch gelebt, beim Blauen Engel, da war er schon tot. Und dann kam bald auch schon der Hitler. Aber da war ich nicht mehr in Berlin. Bin gleich nach der Premiere vom Blauen Engel am Bahnhof Zoo in den Zug nach

Bremerhaven gestiegen. Die Nacht habe ich dann bereits auf dem Schiff nach Amerika verbracht. Der Sternberg hat ja in Hollywood auf mich gewartet. Wie der Brecht gewesen ist? Na, dazu kann ich nicht viel sagen. Kurz geschoren war der, hatte 'ne Drahtbrille auf wie mein alter Geschichtslehrer. Der Brecht saß eher am Rande, war jedoch der eindeutige Mittelpunkt. Er war ein Genie, das wussten alle und er am besten. Mit uns vom Film und der Revue hat der sich nicht abgegeben.«

Sie nippt an ihrem Glas. Auf einmal steht der junge Mann mit dem kleinen Schnurrbart wieder neben ihr. *Was hat der denn da? Die werden mir doch nicht noch einen Orden verleihen wollen.*

»Gnädige Frau, gestatten Sie, wenn Sie eine Nacht mal nicht schlafen können, dann haben Sie jetzt einen Begleiter.«

Dietrich fummelt mit ihren schwarz behandschuhten Händen ein Sandmännchen aus dem weißen Stoffbeutel. Sie hat keine Ahnung, wie stolz man beim Deutschen Fernsehen Ost darauf ist, dass dieses Sandmännchen noch vor dem Sandmännchen-West auf Sendung gegangen ist. Sandmännchen-Ost hat einen Spitzbart wie Walter Ulbricht, der Chef der DDR.

»Vorsicht, da ist noch einer drin.«

»Ach, der Kleine! Wie süß.«

Hilfe! Gleich klatschen die in die Hände und feiern mit mir Kindergeburtstag.

Marlene Dietrich hat zwei Spitzbart-Sandmännchen und das antifaschistische Blumengestrüpp vor sich liegen. Die DDR-Bürger sitzen erwartungsvoll um sie herum. Sie lächelt steif.

»Frau Dietrich, wir müssen unsere heitere Runde leider auflösen. Wie ich höre, ist der Wagen, der Sie zum Hotel bringen wird, vorgefahren«, schmettert Mackie Messer in die Runde.

Der Schlachtensee

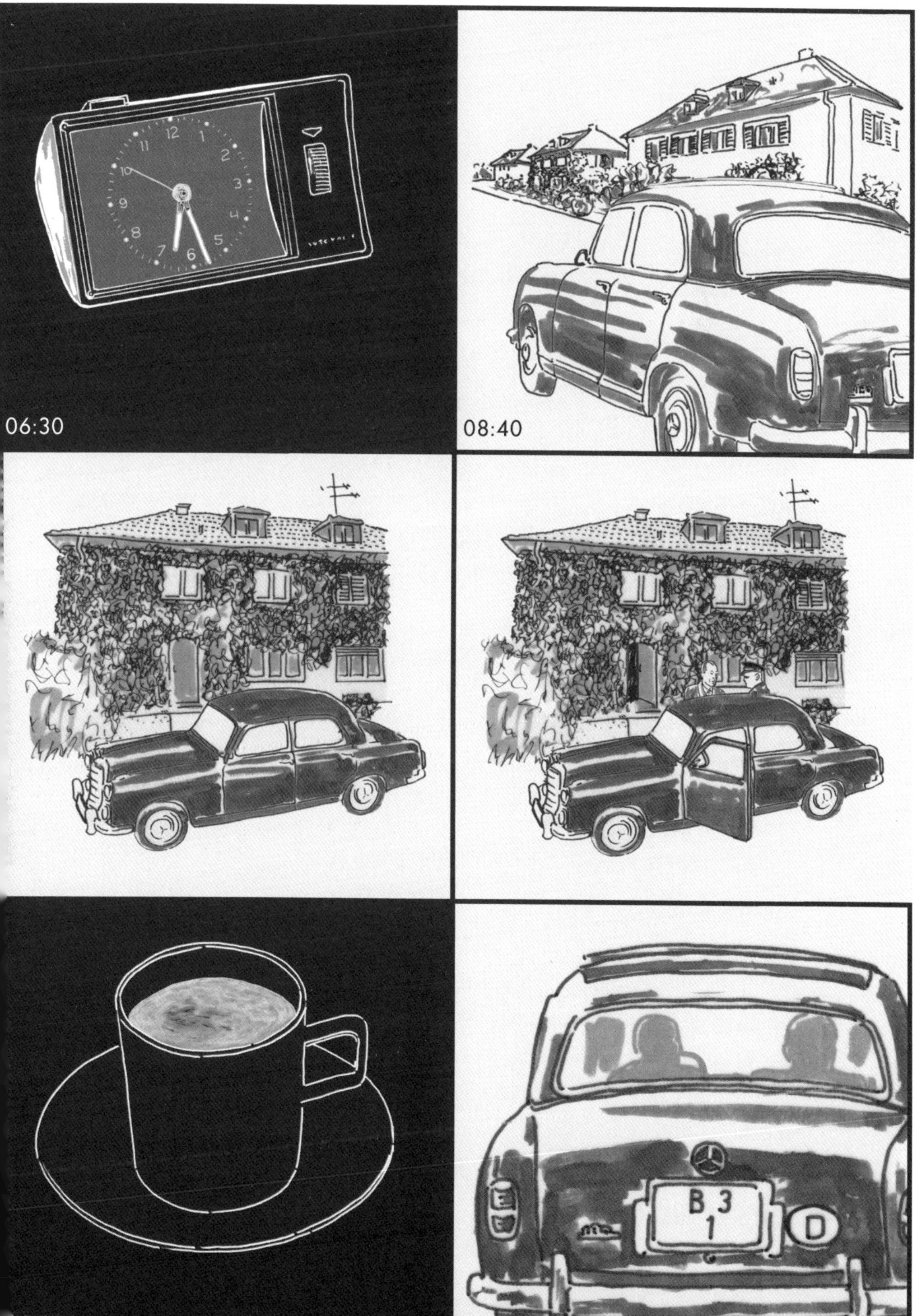
06:30
08:40
B 3
1
D
8:30

JANUAR 1964

WESTBERLIN, MARINESTEIG 14, SCHLACHTENSEE

Nach dem Aktenstudium bis tief in die Nacht, nachdem er alle Schriftstücke in Mappen gelegt und diese nach ihrer Wichtigkeit für den nächsten Morgen geordnet hatte, kam ihm der Gedanke, dass es Zeit sei, sich hinzulegen. In der Siedlung war er der Letzte, bei dem noch Licht brannte. Gern hätte er ruhig und mit halb geschlossenen Augen eine letzte Zigarette zum Abschluss des Tages geraucht. Aber dann ließ er es doch bleiben.

Willy Brandt hat es in der Zeit der Emigration verlernt, von selbst einzuschlafen. Es braucht den Gedanken dazu. Er muss sich einen Ruck geben für diesen Übergang in einen anderen Zustand des Bewusstseins. Im Schlaf kann er den Eindrücken und Einfällen nachgehen, die bei Tage unter all den Menschen über ihn gekommen sind. Wie das geht, weiß er nicht. An Träume kann er sich nur ganz selten erinnern.

Nach traumloser Nacht wird er von dem Wecker gegen 6:30 Uhr aus dem Schlaf gerissen. Rut, die in der Nacht nicht mehr auf ihn gewartet hatte, schläft neben ihm in ruhigen Zügen. Noch zu benommen, um sich zu rühren, versucht er sich an die Stellung zu erinnern, in der er eingeschlafen war. Von da aus lässt sich vielleicht die Richtung der Wand, der Platz des Nachttischs und die Größe der Tür ableiten. So könnte er das Schlafzimmer und die Teile seiner Einrichtung im Geiste wiederherstellen und benennen. Es ist ihm ein Rätsel, wie man schon am frühen Morgen zu aufmunternden Bemerkungen aufgelegt sein konnte, als hätte es keine Nacht gegeben. Im Moment des Aufwachens kann einem alles entgleiten, wenn man den Zipfel der Realität nicht zu fassen bekommt, der einen aus dem Nichts zieht, aus dem man von selbst nicht herausfinden würde.

Allen am Frühstückstisch ist klar, dass es für ihn ein sehr langer Abend in der Mansarde gewesen ist. Um wieder auf die Beine zu kommen, lässt er sich von der Haushälterin, Frau Litzl, die sofort Bescheid weiß, einen tiefschwarzen Kaffee bringen.

Im Garten des Siedlungshauses in Schlachtensee hatten grau uniformierte Polizisten in der Nacht Wache geschoben. Junge Männer, die zum Objektschutz abgeordnet worden waren. Man hatte ihr Gemurmel hören können, das manchmal von leisem Lachen unterbrochen wurde und sich gegen Morgen mit dem beginnenden Gezwitscher der Rotkehlchen mischte. Das sahnefarbene Telefon mit dem schweren Hörer und der Lochscheibe, die nach jeder gewählten Zahl gleichmütig in die Ruhestellung zurücksurrte, war in dieser Nacht still geblieben. Nur die Vorkriegsschreibmaschine der Marke Erika, die mit Typen für das Norwegische versehen war, wartete darauf, bedient zu werden.

Man konnte den Vater noch weit nach Mitternacht tippen hören, aber keines der Kinder hätte sich getraut, danach zu fragen, was er da zu schreiben hatte. Was in seinem Kopf vorging, so das Gesetz der Familie, geht niemanden etwas an. Schon die Tatsache, dass die Eltern zu Hause Norwegisch miteinander sprechen, macht klar, dass ihr gemeinsames Leben in Berlin Teil eines Lebens ist, das ganz woanders begonnen hat.

Alle waren froh, wenn der Vater morgens mit am Tisch saß, zwar so gut wie nichts sagte, aber seiner Nacht entronnen war.

Vor dem Haus steht schon der Chauffeur Holly vor dem blitzblanken schwarzen Mercedes 190 mit dem Stern auf dem Kühler. Mit seiner ebenfalls schwarz glänzenden Schirmmütze auf dem bis zur Schädeldecke geschorenen Kopf wirkt er wie ein Mann mit Position. Georg Holly kennt sich aus mit seinem Chef. Man darf nichts erwarten, muss ihn in Ruhe lassen beim Studium der Akten und vor allem, wenn er mit einem Mal wie erstarrt nach draußen schaut, ohne irgendetwas im Blick zu haben. Mit einem schnellen Witz allerdings kann man ihn danach für einen unverbindlichen Moment amüsieren. Wenn sich dann die Lachfalten auf seinem Gesicht abzeichneten, war Holly zufrieden. Der Fahrer akzeptiert, dass er zur Ausstattung gehört, das macht ihm aber nichts aus, denn er spürt, dass dieser Regierende, der so gar nichts von einem hellen und bissigen Berliner hat, einen Pakt mit Berlin und den Berlinern eingegangen ist.

Willy Brandt hat nie Geld in der Tasche. Nicht um damit anzugeben, dass andere für ihn bezahlen müssen, sondern weil ihn Geld ganz einfach nicht interessiert. Als er sich mit neunzehn Jahren 1933 dem organisierten Widerstand gegen die Nazis anschließt und mit 100 Reichsmark von seinem Großvater und dem ersten Band des Kapitals von Karl Marx heimlich das Land verlässt, verabschiedet er sich auch von den Vorstellungen einer bürgerlichen Existenz. Wechselnde Wohnsitze, geheime Treffen, illegale Grenzübertritte und die Anfertigung von Berichten aus dem Untergrund lassen keine Zeit für einen regelmäßigen Broterwerb. Man schätzte die Qualität seiner Informationen, die Klugheit seiner Einschätzungen und vor allem den ungeheuren Mut, den dieser junge Deutsche bei der Organisation des Widerstands gegen Nazideutschland an den Tag legte. Widerstand bedeutete für ihn eine Existenz der Beweglichkeit, der Tarnung und der Verwandlung. Mal sieht man ihn mit der Schlägermütze als jungen klassenbewussten Proletarier, dann mit Schlips und Kragen als ehrgeizigen Studenten und wieder im Trench als Emissär der Auslandszentrale, der die Zellen des Widerstands stärken soll.

1938 wird Willy Brandt als Feind des deutschen Volks von den Nazis ausgebürgert und muss als Staatenloser sehen, wo er bleibt. Die Tatsache, dass er nach dem Sieg über die Nazis seinen Geburtsnamen Herbert Ernst Karl Frahm durch seinen Kampfnamen Willy Brandt ersetzt, stellt den Versuch dar, sein persönliches Leben mit einem politischen Namen zu beglaubigen. Den ersten Namen verdankt er dem Zufall seiner Geburt, der zweite ist Ausdruck seiner Freiheit.
Als der Regierende und sein Chauffeur in der Staatskarosse davonfahren, sieht man zwei Gestalten, die sich Tag für Tag treffen, aber anscheinend nichts miteinander zu tun haben. Was sie verbindet, ist die Situation einer Stadt, die von Feindesland umgeben ist.
Georg Holly hat sich warm angezogen und am Morgen seinen dicken Wintermantel im Kofferraum des Dienstwagens deponiert. Er wird, gleich nachdem er seinen Chef abgeliefert hat, zu der Schule um die Ecke fahren, um sich in der Schlange für einen Passierschein anzustellen. Zu Weihnachten hatte es nicht geklappt, aber jetzt will er unbedingt seine Mutter besuchen, die in Buchholz hinter der Zonengrenze auf ihn wartet.
Es gibt eine Fotografie aus dem Jahre 1947, die Willy Brandt und Rut Bergaust im Englischen Garten in Berlin zeigt. Das war ein Jahr vor ihrer Heirat. Sieben Jahre sind die beiden auseinander. Sie haben sich nach dem Tee, den man dort üblicherweise zu sich nimmt, in der Sonne noch ein Gläschen Weißwein genehmigt. Es ist eine verführerische Aufnahme aus dem Frühjahr. Willy im leger sitzenden Anzug mit Krawatte, die Zigarette freihändig lässig zwischen den schmalen Lippen, schaut ohne Vorbehalt in die Kamera, und Rut steht ihm mit ihrer metallenen Vollrandsonnenbrille und der schwingenden Lockenfrisur in nichts nach. Die beiden wollen etwas darstellen. Misstrauen und Angst hinter sich lassen.

Plaza Athénée, Paris, April 1963

APRIL 1963

PARIS, 25 AVENUE MONTAIGNE, HÔTEL PLAZA ATHÉNÉE

Der General sah aus, als ob er verzaubert worden sei. Alles an ihm war lang geraten. Der Kopf, der Hals, die Beine und selbst die Ohren. Ruckartig riss er die Arme hoch, seine Uniformjacke bauschte sich wie ein Röckchen, und unter dem schwarz lackierten Schirm seiner Offiziersmütze stach seine lange Nase hervor. Er stand krumm, redete in eigentümlich monotonem Englisch. Eine halbe Million New Yorker hatte sich auf den Straßen Manhattans versammelt, um einen Vorgeschmack auf den Sieg über Nazideutschland zu bekommen. Unter dem Anführer der Free French Forces hatten sie sich ein anderes Kaliber vorgestellt. Doch selbst dieser komische Vogel, der für einen Militär eigentümlich ungelenk wirkte, konnte sie in ihrer Begeisterung nicht bremsen.

Dietrich war in Algier gewesen, hatte die Befreiung Roms miterlebt und am D-Day die Landung der Alliierten in der Normandie bekannt gegeben, aber dem General war sie noch nie begegnet. Seit einem Monat war sie wieder in New York.

Die Diva kam aus siegreicher Schlacht. Auf allen wichtigen Zeitungen prangte das Foto, wie sie, in einen Armeefliegeroverall gekleidet, aus der Flughafenkontrolle stürmte. Der Krieg hatte sie offensichtlich vitalisiert. Als ausrangierter *movie star* eingezogen und als taufrische Kämpferin gegen den Faschismus retour. Mit Soldatenstiefeln, in Offiziersuniform mit Krawatte, die Zigarette im Mundwinkel balancierend, schwirrte sie durch die New Yorker Nachtclubs.

Ihre Fingernägel waren blutrot lackiert, ihr blondes Haar glatt nach hinten gebürstet und ihre Marschrichtung eindeutig: zurück an die Front! Keine, die sie nicht heimlich bewundert hätte. Und so war sie im Juli 1944 zum Empfang für Charles de Gaulle nicht als Hollywoodstar, sondern als Antifaschistin geladen gewesen. In einem lächerlich prunkvollen, heillos mit 19.-Jahrhundert-Scheußlichkeiten überladenen Hotelballsaal an der Park Avenue absolvierte Marlene Dietrich ihren ersten Auftritt auf dem politischen Parkett.

Gut zwanzig Jahre später – vor dem Badezimmerspiegel in ihrem Pariser Appartement in der Avenue Montaigne sich den Lidstrich nachziehend – fragt sie sich, ob der General sie wohl noch erkennen wird. Denn eigentlich müsste er sich heute Abend blicken lassen, wenn deutsche Kunst und Kultur zu Gast in Paris sind. Vor allem jetzt, nachdem sich Franzosen und Deutsche unverbrüchliche Freundschaft geschworen haben. Für Dietrichs Geschmack ist Adenauer – noch dazu im Vergleich mit ihrem Freund, Präsident Kennedy – viel zu alt für solch eine junge Freundschaft. Aber sie versteht die Deutschen sowieso nicht.

Sie kann das einfach. Sie betritt einen Raum, und alle Augenpaare sind sofort auf sie gerichtet. Die Gespräche verstummen. Selbst Malraux, der alte Poseur, hält inne, als er sie in der Tür stehen sieht, und eilt ihr mit kleinen Schritten entgegen. »Chère Marlène!« Küsschen hier, Küsschen dort. Er hebt kurz die rechte Augenbraue, und schon stürzt einer der Lakaien mit einem Glas Champagner herbei. Dietrich und Malraux wissen, dass sie sehr genau beobachtet werden. Wenn der De-Gaulle-Intimus und Kulturminister sie durch seine Aufmerksamkeit adelt, so nur deshalb, weil es ihm nützt. Und da sie gerne im Mittelpunkt steht, lässt sie seine Schmeicheleien über sich ergehen. Ein wortloses Einverständnis. Ein Spiel für die anderen. André Malraux' entrückt wirkende Kühle gehört zu den Eigenarten seiner Klasse. Nicht ausgeschlossen, dass er sich für ein Lebewesen einer höheren Zivilisationsstufe hält. Dietrich bleibt davon völlig unbeeindruckt. Früher war er ganz ansehnlich gewesen mit der dicken Haarsträhne, die ihm ständig vor dem Gesicht hing und sich nicht recht bändigen ließ. Jetzt sieht er eher wie eine in die Jahre gekommene Echse aus. Nah bei ihm stehend, registriert sie die Linien des Leidens und des Alters in seinem Gesicht. Er wird nicht schlafen können, und er trinkt zu viel. Für einen, von dem es heißt, dass er keine flauen Momente kenne, hat der Nachkrieg nicht viel zu bieten. Die Zeit der Rebellion ist vorbei. Malraux hat die Palastkämpfe überlebt. Heute dient der Abenteurer einem Präsidenten, der ein Massaker mitten in Paris auf dem Gewissen hat. Doch keiner spricht an diesem Abend über Algerier, die in die Seine getrieben worden sind. Die Gewalt bleibt außen vor. Es soll um hohe Kultur und nicht um verlorene Kolonien gehen.

Ganz kurz lässt er seine Hand auf ihrer Schulter ruhen. Sein Zucken um den Mund wird schneller, die Stirn legt er in Falten, als er zu einer Eloge über das Erhabene anhebt. Die Karawanenvölker aus Samarkand, die Götter von Saba, das magische Licht Indochinas – seine Schilderungen sind allzu bekannt, das Erlebte liegt lange zurück. Wie immer spricht er rasend schnell, und seine nervös-sensible Mimik nimmt an Fahrt auf. Sie weiß genau, womit er enden wird. Seine Stimme wird leiser, fast flüstert er, als er über die Nächte von Angkor Wat spricht. Damals, in den Nächten im kambodschanischen Dschungel, den Göttern nah, hörte er ununterbrochen nur ein Lied: Falling in Love Again – das Lied des Blauen Engels. Die brüchige Stimme einer schönen Frau verlor sich in einer geheimnisvollen Tropennacht. »Marlène est une déesse«, spricht's und küsst ihr die Hand. Die formvollendete Vorstellung hat nur wenige Minuten gedauert. Marlene Dietrich ist danach markiert: Sie hat Grandeur

und gehört nicht zu diesen tumben Deutschen, die blöd im Palais rumstehen und vielleicht noch immer ihr Hakenkreuz unterm Anzugrevers stecken haben.
Die Delegation aus Westberlin, die zu den »Berliner Kulturtagen« nach Paris gereist ist, ist nicht zu beneiden. Seit vor zwei Monaten Hannah Arendt einen Artikel über den Prozess gegen Adolf Eichmann veröffentlicht hat, ist alles futsch. Klar, im New Yorker und auf Englisch, aber das macht alles nur noch schlimmer. Arendts Bericht über den pedantischen Gewalttäter und »Hanswurst« Eichmann stellte das Bild vom tapferen Berlin, den fleißigen Deutschen und ihrer demokratischen Verfassung infrage. Auf einen Schlag waren die Gespenster der Vergangenheit zurück. Die Ostdeutschen feixten, denn damit hatten sie nichts zu tun, und die Westdeutschen jammerten, sie säßen zu Unrecht mit auf der Anklagebank in Jerusalem.
Der Herr mit dem Hahnenkamm, der dekorativ in der Nähe des Ausgangs zum Innenhof an der Wand lehnt und heute die erste und die zweite Symphonie von Brahms dirigiert hat, würde dem sofort zustimmen. Man sieht es ihm nicht an, aber der vornehme Herbert von Karajan war einst ein Favorit des dicken Göring und der Liebling der *Jeunesse dorée* Naziberlins. Heute Abend hat er denkbar schlechte Laune. Etwas anderes als die Musik interessiert ihn sowieso nicht. Politik ist ihm vollkommen gleichgültig, ja fast schon zuwider. Früher war mehr Lametta. Man kann ja sagen, was man will, aber Hitler verspürte wenigstens noch tiefe Ehrfurcht vor Künstlern. Er zum Beispiel stand auf der Liste der Gottbegnadeten. Er war zu wertvoll, um im Krieg verheizt zu werden. Doch die Demokratie, der er sich jetzt andienen muss, hat das Genie abgeschafft. Karajan ist noch immer Ritter von Karajan. Soll ihm keiner zu nahe kommen oder gar auf die Idee verfallen, ihn zu fragen, ob sich Paris seit der deutschen Okkupation verändert hat. Schließlich müsse er es doch beurteilen

können. Hat er nicht mehrmals als Hitlers Staatskapellmeister Konzerte in Paris dirigiert?

Marlene Dietrich will achtlos an ihm vorübergehen. Erst als sie bemerkt, dass Karajan angestrengt versucht, sie zu ignorieren, verlangsamt sie ihren Schritt. Mit kaum sichtbarer Abwehr kräuselt sie leicht die Stirn. Mehr als einen Blick im Vorübergehen hat sie für den schönen Mann nicht übrig. Dort hinten steht Willy Brandt.

Draußen hat es zu regnen begonnen. Durch die großen Fenster sieht man die Lichter der Autoscheinwerfer auf dem Asphalt glänzen. April in Paris, this is a feeling No one can ever reprise. Marlene Dietrich folgt seinen Bewegungen, er fängt ihren Blick auf, lächelt, doch er macht keinen Schritt auf sie zu. Brandt trägt einen schwarzen Smoking, ein weißes Hemd und eine schwarze Fliege. Der Genosse Emigrant im Gewand der Oberklasse. Seinen linken Arm hat er in die leicht abgeknickte Taille gestützt, rechts – ungefähr auf Bauchhöhe – hält er lasziv eine Zigarette. Obwohl schlank, wirkt sein Körper schwer, ja erdverbunden. An ihm kommt keiner vorbei. Es ist nicht das erste Mal, dass sie sich begegnen, doch sie bleiben auf Distanz. Das mit dem Küsschen, Küsschen überlassen sie den anderen. Dietrich gurrt, lacht, er hält seinen Kopf schief, hört ihr, die Augen fast geschlossen, zu. Marlene Dietrich in ihrem cremeweißen Mantelkleid und Brandt in seinem schwarzen Smoking wirken wie die Verkörperung von zwei Polen.

Kaum ist sie weg, steht ein kleiner Mann mit einer auffallend hohen Stirn neben Brandt. Er hat den Regierenden Bürgermeister den ganzen Abend über keinen Moment aus den Augen gelassen.

»Und, was hat sie gesagt?«

»Sie hat dich mein Inséparable genannt. Charmant, oder? Und dass du sie an Gustav mit der Hupe erinnerst.«

»Wer soll das denn sein, Gustav mit der Hupe?«

»Der Anführer einer Bande Berliner Jungs. Kennst du nicht Emil und die Detektive? Hat sie in den Staaten gegen das Heimweh gelesen. Nimm's als Kompliment.«

»Und das war's?«

»Dass ihr Maggiwürze fehlt.«

Und weiter?«

»Dass Paris eine Stadt ist, die hält, was sie verspricht.«

»Im Gegensatz zu Berlin?«

Brandt zuckt mit den Schultern. Er ist bereits woanders.

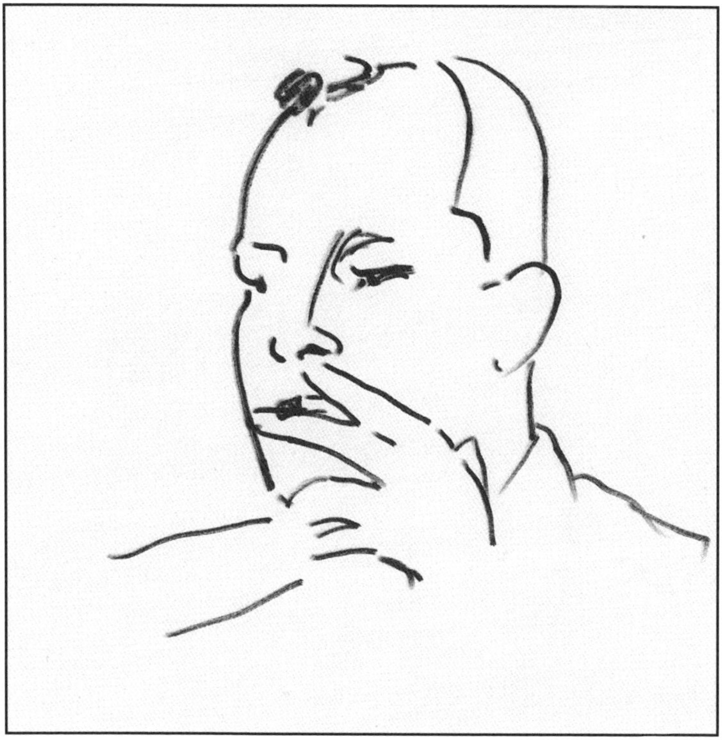

Der Tisch ist für ihn zuerst ein Schreibtisch,
dann ein Küchentisch oder ein Couchtisch.

Für’s Zigarettenzählen fehlte Willy Brandt der Sinn

wie das in Schöneberg so üblich ist.

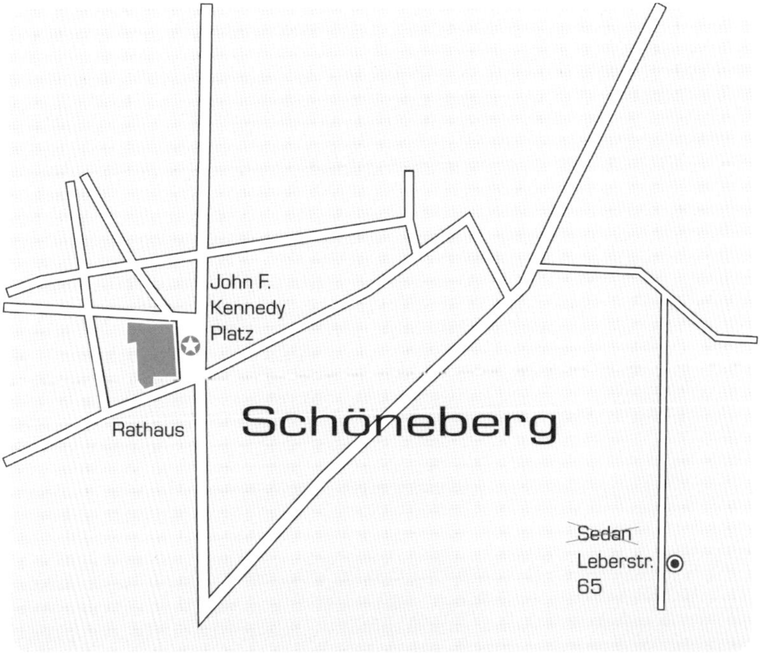

JUNI 1963

WESTBERLIN, SCHÖNEBERGER RATHAUS

Der Regierende Bürgermeister zündet sich noch eine Zigarette an. Das Streichholzheftchen mit der Aufschrift Welthölzer hatte griffbereit auf dem Schreibtisch gelegen. Während er eine Mappe aufschlägt, nimmt er einen tiefen Lungenzug und bläst den feinen Rauch durch die Nase in den Raum. Er hätte nicht sagen können, die wievielte das heute ist, fürs Zigarettenzählen fehlt Willy Brandt der Sinn. Das Schöneberger Rathaus ist ein wilhelminischer Monumentalbau. Die Diensträume des Regierenden Bürgermeisters befinden sich in einer Ecke im zweiten Stock. Die Einrichtung feiert das Ornament. Willy Brandt ist in seinem Anzug mit Weste überaus korrekt gekleidet und sitzt eher würdig als leger an seinem von den holzvertäfelten Wänden bedrängten Schreibtisch. Nur die mächtige Telefonanlage auf dem Nebentisch signalisiert eine Position von Rang.

Willy Brandt ist ein Mann des Tischs. Natürlich kann man auch auf einer Parkbank im Sitzen etwas notieren oder auf der Fahrt im Wagen Akten lesen. Aber am liebsten sitzt er zum Schreiben und Lesen an einem Tisch. Auf der Platte sollen eine Zigarettenschachtel, ein Aschenbecher und eine Schreibmaschine stehen. Willy Brandt hat zeit seines Lebens Berichte über Zusammenkünfte geschrieben, Artikel für Zeitschriften und Zeitungen verfasst und Seiten über Seiten für ein Buch in die Schreibmaschine getippt. Er ist Autor mehrerer veröffentlichter und verschollener Bücher, vieler Broschüren und Tausender Artikel. Der Tisch ist für ihn zuerst ein Schreibtisch, dann ein Küchentisch oder ein Couchtisch.

Es ist immer dasselbe Ritual. Er klopft den Stapel Papier noch mal auf die Tischplatte, er zieht das Blatt über die Walze ein, er rückt den Stuhl noch einmal an den Tisch und lenkt den Blick auf die Tastatur. Willy Brandt liebt das wunderbare Zusammenspiel zwischen der Maschine und seinen Gedanken. Jedes Mal, wenn seine Finger die Tasten drücken, werden die Buchstaben als schwarze Abdrücke auf dem weißen Papier sichtbar. Das ist wie ein Hämmern und Fräsen. Nur dass Worte und Sätze statt Blechdosen und Winkeleisen herauskommen. Hier ist die Trennung von Hand- und Kopfarbeit aufgehoben. Sobald er sich an die Schreibmaschine setzt, hat er das starke Gefühl, das Richtige zu tun.

Man muss sich den jungen Herbert Frahm als einen begabten Jugendlichen vorstellen, auf den eine Lehrperson, die einen Jungen aus kleinen Verhältnissen fördern will, aufmerksam wird. Aber Herbert will nicht Anwalt, nicht Arzt und auch nicht Ingenieur werden. Der Journalist ist für ihn ein Reporter seiner Klasse. Kein Kompagnon des Teufels, sondern einer, der von den Ungerechtigkeiten der Welt berichtet und den Unterdrückten und Beleidigten den Weg weist. Wie Marx, wie Ferdinand Lassalle oder wie der »fliegende Reporter« Egon Erwin Kisch.

Herbert liebt die Diskussionen mit den älteren Genossinnen und Genossen. Er hadert jedoch mit der bärtig und träge gewordenen SPD, die die Revolution auf den Sankt-Nimmerleins-Tag verschoben hat.

»Ist nicht in unsere Hände das Leben gegeben?«

»Natürlich, Genosse, wir Sozialdemokraten wollen die Befreiung unserer Klasse und damit der ganzen Menschheit.«

»Und wann will die Partei damit beginnen?«

»Wir müssen auf den richtigen Zeitpunkt warten.«

»Aber inzwischen ist das Leben leer geworden und taumelt sinnlos hin und her.«

»Unsereins darf nicht verzagen. Wir sagen dir schon, wann die Stunde schlägt.«
»Aber das Leben geht weiter, und die Zeit steht nicht still. Es geht etwas vor, und wir drehen Däumchen.«
»Im Augenblick ist es besser, Ruhe zu bewahren, als durchzudrehen.«
»Ich hoffe, der Augenblick dauert nicht zu lang.«
Herbert hat Respekt vor der Erfahrung der Genossen. Aber die Rückwärtsgewandtheit ihrer Ansichten bringt ihn innerlich immer wieder auf die Palme. Auf lange Sicht mögen sie ja recht haben, aber dazwischen kann alles den Bach runtergehen. Man kann es sich auf den Schultern von Riesen auch bequem machen.
Die Vaterlosigkeit ist für Willy Brandt ein Lebensthema. Die Mutter war noch sehr jung, als sie ihn auf die Welt brachte. Eine kleine Verkäuferin im gewerkschaftlichen Konsumverein, die den Laden zusammenhält, der Vater unbekannt und die Arbeiterwohnung bescheiden.
In den Kinderjahren war der Junge tagsüber bei einer anderen Frau untergebracht, nicht weit von der Arbeitsstelle der Mutter. Dort war er viele lange Stunden sich selbst überlassen, hatte kaum Spielkameraden. Das Tagträumen hält das Kind dann am Leben. Der Stuhl ist ein Boot, das Treppenhaus die Wildnis und die Küchenmaschine mit der Feuerstelle ein glühendes Ungeheuer.
Als Herbert fünf oder sechs Jahre alt war, trat ein Mann mit einem rauen, verdreckten Soldatenmantel in sein Leben. Das muss 1918/19 gewesen sein. Der Mann roch nach Schweiß, nassem Leder, Schießpulver und Öl. Das zog den Jungen an. Er kletterte schnell auf den Schoß des Mannes, den er Papa nannte. Wenn er ihm einen Kuss auf die Wange gab, kitzelten seine Bartstoppeln. Dem Soldaten aus dem Weltkrieg war er sofort zugetan. Von da an lebten sie zu dritt, und die kleine Wohnung wurde für Herbert zum Heim der Familie.

Der Papa war in Wahrheit der verwitwete Großvater, der bald wieder heiratete. Herbert zog zu den beiden, die Frau des Großvaters nannte er Tante, und die Mutter kam ein- oder zweimal in der Woche vorbei. Der Großvater war auf dem Lande aufgewachsen, als Landarbeiter auf einem der großen Junkerhöfe in Mecklenburg. Dessen Vater war noch wie ein Leibeigener in Onkel Toms Hütte behandelt und bei Verstößen gegen die gutsherrschaftliche Ordnung »über den Bock gelegt« worden. Gegen eine solche Ordnung der althergebrachten Gewalt hat sich der Großvater dann aufgelehnt. Der Enkel kann nicht genug davon hören. Wie sein Papa den Verwalter austrickste und dem Gutsherrn die Stirn bot. Er lernt die Namen von August Bebel und Karl Kautsky und wie man sich mit List und Stolz gegen die Herrschenden zur Wehr setzt. Sozialismus war für den Großvater mehr als eine politische Überzeugung, für ihn war es ein Glaube. Der Sozialismus würde alle Menschen zu Brüdern machen, die krassen sozialen Ungleichheiten aus der Welt schaffen, sogar das Geld, das immer nur mehr Geld schafft, würde man nicht mehr brauchen. Herbert glaubte an den Glauben des Großvaters, und ihm wurde warm ums Herz, wenn der Großvater die Kampflieder der Arbeiterbewegung sang, die »Arbeiter-Marseillaise«: Nicht fürchten wir den Feind, steh'n wir im Kampf vereint!, den »Sozialistenmarsch«: Auf, Sozialisten, schließt die Reihen! Die Trommel ruft, die Banner weh'n, und natürlich mit seinem feinsten Lächeln die »Internationale«. Der Großvater nahm ihn auch selbstverständlich mit auf Demonstrationen. Beim Anblick der Frauen und Männer, die müde waren von harter Arbeit, aber trotzdem mit erhobenem Haupt die roten Fahnen durch die Straße trugen, fühlte er so etwas wie Erhabenheit, ohne dass er dieses Wort gekannt hätte.

Willy Brandt wird sich an willensstarken und opferbereiten Männern orientieren, die, wie er später sagt, proletarische Würde und republi-

kanische Disziplin verkörpern. Bei ihnen kann er seine Scheu ablegen, die sich bei ihm in den frühen Jahren des Alleinseins gebildet hat. Er hütet sich davor, seine Gefühle und Gedanken mit anderen zu teilen, seine Träume und Ängste nach außen zu tragen. Er war beliebt bei seinen Schulkameraden und Altersgenossen, aber immer auf Distanz bedacht, und schon als junger Mann strahlte er eine gewisse Reserviertheit aus. Nie würde er sich jemandem rückhaltlos ausliefern.
Für neun Uhr steht die tägliche Terminbesprechung auf dem Plan. Willy Brandt ist unruhig, weil sein Wahlkampfmanager Klaus Schütz dem Reporter von der Ufa-Wochenschau eine Homestory zugesagt hat. Davon weiß Rut noch nichts, und er selbst fühlt sich überhaupt nicht wohl bei dem Gedanken, dass die ihn zu Hause in Schlachtensee filmen wollen. Sogar sein Jüngster, der gerade erst laufen kann, soll mitspielen. Homestorys, der offene Wagen mit roten Ledersitzen und der Eisenbahnwaggon für Reisen im Wahlkampf gehören heute offenbar zum öffentlichen Auftritt von Spitzenpolitikern. Die Zeiten haben sich geändert.
Um elf Uhr macht er sich auf den Weg zur Sitzung des Senats. Im Paternoster in der Mitte des Treppenhauses herrscht reger Vormittagsverkehr. Auf dem breiten Gang, der zum hinteren Teil des Gebäudes führt, sieht der Regierende Bürgermeister den Bausenator eilen. Heute stehen die Feierlichkeiten für die vorgezogene Eröffnung des Neubaus der Berliner Philharmonie auf der Tagesordnung.
Willy Brandt musste sich nie beibringen, langsam zu gehen. Aber in diesem massiven Mauerwerksbau will man unwillkürlich schneller gehen. Nur die Hälfte des Baus ist Nutzfläche, der Rest besteht aus repräsentativen Treppen, Aufgängen und Fluren. Das erdige Rot der Türrahmen aus Terrakotta ist bloße Dekoration. Die gekachelten Handläufe machen den Innenraum zu einem Außenraum. Hier hört man viel, aber riecht nichts.

»Willy!« Es ist Egon Bahr, sein Sprecher und Pressechef. »Der Spiegel will ein Hintergrundgespräch über dein Treffen mit de Gaulle. Ich wollte noch die Kulturtage unterbringen, aber die sind nur an der großen Politik interessiert. Du bist jetzt der noch nicht regierende deutsche Kanzlerkandidat.« Willy Brandt nickt, als ob er nichts anderes erwartet habe.

Egon Bahr hat ihm nichts von dem Brief gesagt, der seit zwei Tagen auf seinem Schreibtisch liegt. Er stammt von Marlene Dietrich, und darin bietet die Diva dem Regierenden Bürgermeister die »Versöhnung mit Berlin« an. Nicht mit Deutschland, sondern mit Berlin, wo sie geboren ist und wo sie zum Blauen Engel wurde. Egon hat noch keinen Plan, was er damit machen soll. Natürlich wird die CDU nicht davon ablassen, Willy als den Herrn Brandt alias Frahm zu verleumden. Ein uneheliches Kind, das sich als junger Mann womöglich mit der Waffe in der Hand gegen deutsche Soldaten erhoben hat. Das böse Spiel mit dem Stigma des Verräters wird weitergehen und würde durch die Verbindung mit der Vaterlandsverräterin Dietrich nur neue Nahrung finden.

Egon Bahr liest mit hochgezogener Stirn den Brief zum vierten Mal: »Ich liebe Berlin, weil es mir Halt gibt. Jahrelang habe ich ein Symbol in Deutschland gesucht, woran ich mich festhalten kann, weil ich Deutschland liebe. Jetzt kann ich mich an Willy Brandt halten, denn er ist stark und klar, seine Augen flößen Vertrauen ein, und in seiner Nähe hat man einfach das Gefühl der Geborgenheit.«

Mit wem sollte er sich darüber beraten? Albertz, der Innensenator und Bürgermeister, kann gar nichts damit anfangen. Dem Pastor ist alles Glamouröse fremd. Außerdem hat der mit der Senatskanzlei gerade genug zu tun. Und Schütz will sicher gleich die ganz große Nummer daraus machen. Der hat nur seinen amerikanischen Wahlkampf im Kopf. Er muss zu Willy Brandt selbst.

Am anderen Morgen steht er um 8:30 Uhr bei ihm in der Tür.
»Ich hab hier einen Brief von der Dietrich.«
Willy Brandts Gesicht leuchtet auf.
»Gib mal her!«
Er liest in aller Ruhe.
»Ich dachte, dass da mal was kommt.«
Egon Bahr ist perplex. Sein Chef ist kein Frauenversteher, sondern ein Frauenverführer. Darauf hätte ich, dachte er, gleich kommen können.
»Und jetzt?«
»Lass dir mal was einfallen.«
Willy Brandt wendet sich wieder seiner morgendlichen Betriebsprosa zu.
»Wie ist es denn jetzt mit der Eröffnung der neuen Philharmonie? Will Karajan auch was sagen?«

1963 Berlin

Dallas 1963

NOVEMBER 1963

WESTBERLIN, MARINESTEIG 14, SCHLACHTENSEE

»Papa, Telefon!«
Willy Brandt tut so, als ob er nichts gehört hätte.
»Paaapa, Telefon! Der Mann sagt, es ist gaaanz wichtig!«
Der Junge steht mit dem Hörer in der Hand neben seinem Papa und zupft ihn am Ärmel.
Es ist halb acht am Abend. Am Nachmittag des 22. November 1963 ist Willy Brandt mit Frau und Entourage von einer zweieinhalbwöchigen Reise durch verschiedene Länder Afrikas zurückgekehrt. Die Idee für diese Reise stammte von Egon Bahr. Der hatte Ende der 1950er-Jahre für ein Jahr in Ghana gelebt, um auf dem Höhepunkt der Dritte-Welt-Bewegung, angeregt durch die Schriften von Léopold Senghor und Aimé Césaire, herauszufinden, wie eine Entwicklungshilfe für die befreiten Nationen des afrikanischen Kontinents aussehen könnte. Willy Brandt war sofort einverstanden gewesen. Nicht nur weil er den Internationalismus im Blut hatte, sondern mehr noch, weil er Westberlin zu einem Drehkreuz für den weltweiten Austausch von Wissen und Ideen machen wollte.
Es hatte sich eine Runde seiner nächsten Mitarbeiter in der Reihenhausdoppelhälfte in der Marinesiedlung am Schlachtensee eingefunden. Man saß in Heimkehrstimmung mit Häppchen und Getränken in fröhlicher Gelöstheit beisammen.
Es ist laut, und Willy Brandt muss sich anstrengen, um den Anrufer zu verstehen.

Die Stimme des befreundeten Journalisten von der *Süddeutschen Zeitung* klingt alarmiert. So als ob er nicht fassen könnte, was passiert war. Auf Präsident Kennedy sei in Texas ein Attentat verübt worden, vielleicht sei er schon nicht mehr am Leben. Brandt hört nur zu. Dann merkt er, dass es um ihn herum ganz still geworden ist. Er legt auf und starrt aus dem Fenster.

»Was ist los, Willy?«

»Auf Kennedy ist geschossen worden. Zwei Schüsse haben ihn getroffen. Der erste hat seinen Hals durchschlagen. Der zweite Schuss hat ihn direkt in den Kopf getroffen. Man hat ihn ins Krankenhaus transportiert. Das ist alles, was ich weiß.«

Ungläubiges Entsetzen.

Keine zehn Minuten später der zweite Anruf. Hoffnung? Nein, keine Hoffnung mehr.

Dann die Bestätigung durch einen offiziellen Anruf aus den USA. Der Präsident ist tot. Die Zeit bleibt stehen.

Immer wieder klingelt das Telefon. Das Rathaus, Zeitungen, Genossen aus Bonn, Freunde aus Amerika. Bald drängen sich Journalisten und Fotoreporter in dem sehr übersichtlichen Wohnzimmer, wo man eben noch zu Scherzen aufgelegt war.

Die Nachbarn in der Siedlung haben mitbekommen, dass etwas passiert sein musste. Die Straße ist mit einem Mal voll von Autos. Wagentüren schlagen, Stimmen sind zu hören, viel Wachpersonal steht jetzt vor der Tür des Regierenden Bürgermeisters.

Willy verzieht sich mit Egon in die Küche.

»Was machen wir jetzt?«

»Willy, du musst Präsenz zeigen. Die Leute wissen nicht, wohin mit sich.«

»Mach die Termine.«

Willy Brandt begibt sich ins Fernsehstudio des RIAS, von dort ins

Rathaus. Auf dem Weg zum amerikanischen Stadtkommandanten meldet sich gegen zehn Uhr Egon Bahr am Autotelefon.

»Eine Gruppe von Studenten hat offenbar beschlossen, um Mitternacht am Steinplatz zu einem Fackelzug zusammenzukommen und schweigend zum Rathaus Schöneberg zu ziehen.«

»Wie viele sind das?«

»Es könnten mehrere Hundert werden.«

»Steckt jemand dahinter?«

»Nein, Willy. Das ist eine spontane Sache von jungen Leuten.«

»Gut, das soll sich rumsprechen.«

Auf den Rathaustreppen liegen schon die ersten Blumensträuße. Gegen ein Uhr in der Nacht kommt der Zug der Studenten mit ihren Fackeln. Willy Brandt steht am Fester seines Dienstzimmers und blickt auf die unaufhörlich wachsende Menge auf dem Platz vor dem Rathaus.

In Egon Bahrs Kopf läuft der Film über den Acht-Stunden-Besuch von John F. Kennedy in Westberlin ab. Er wurde in Dallas in einer offenen Limousine erschossen. In genau so einer Limousine war er vor fünf Monaten durch das Spalier der jubelnden Berliner gefahren. Der Präsident, der ihm mit einem Mal älter vorkommt, als er ist, fragt nach dem Eintreffen in Willy Brandts Dienstzimmer erst einmal nach der Toilette. Er verläuft sich auf der verwinkelten Etage und wird von einem Kollegen aus der Haushaltsabteilung, der auf dem Weg auf den Platz vor dem Rathaus ist, mit einem leuchtenden »Here please, Mister President« an Ort und Stelle gebracht. Der Kanzler Adenauer hat es sich auf dem Bürosessel des Regierenden Bürgermisters bequem gemacht und studiert die Ausgabe des Neuen Deutschland vom Tage. Die anderen schauen dem Präsidenten zu, der vor ihnen auf und ab geht und mit seinem Dolmetscher die Aussprache eines deutschen Satzes einübt. Was er vor sich hin murmelt, wird man erst später verstehen, und die 450 000, die sich dicht an dicht versammelt haben, werden jubeln und Tränen in den Augen haben.

»All free men, wherever they may live, are citizens of Berlin, and, therefore, as a free man, I take pride in the words ›Ich bin ein Berliner‹.«

Im August 1937, als der zwanzigjährige John F. Kennedy zusammen mit einem Freund auf einem Trip durch Europa im Ford Cabriolet die deutsche Grenze passiert, erhält der vier Jahre ältere Willy Brandt in Norwegen die Nachricht, dass die Nazis ihn demnächst ausbürgern werden. Als die beiden sich an diesem hellen Sommertag in Berlin treffen, ist Kennedy sechsundvierzig und Brandt neunundvierzig Jahre alt. Der Regierende Bürgermeister hat es gegen den Willen des deutschen Bundeskanzlers geschafft, den Präsidenten der USA knapp zwei Jahre nach dem Bau der Mauer für einen Besuch nach Westberlin zu holen.

Die beiden waren als junge Männer durch den Krieg gegen die Nazis geprüft und durch einen harten und bitteren Frieden erzogen worden.

Natürlich begegnen sie sich nicht als zufällige Bekannte, der eine ist der mächtigste Mann der westlichen Welt, und der andere ist der Repräsentant einer vogelfreien Stadt. Aber sie wissen voneinander, was ein Schicksal ist. Kennedy wurde Politiker, weil sein älterer Bruder Joe Jr. als Kampfflieger über Europa abgeschossen wurde, Brandt kam in die größte Trümmerwüste Europas, weil keine Herkunft ihn nach 1945 zurückrief.

Am 13. März 1961 waren Willy Brandt und Egon Bahr auf einer Amerikareise im Weißen Haus von John F. Kennedy empfangen worden. Sie müssen einen Augenblick in dem Raum warten, in dem die Sitzungen des Kabinetts abgehalten werden. Der Platz des Präsidenten

ist in der Mitte des riesigen Tisches, mit dem Rücken zur Fensterfront, die den Blick in den Garten freigibt.
Kennedy lächelt ihnen entgegen, streckt seine Hand aus und begrüßt seine Gäste wie gute Bekannte oder fast wie Freunde.
»Hello Willy, hello Egon! It's a pleasure.«
Er wirkt, gerade wegen seiner schmalen Figur, groß und athletisch. Ein junger Mann im höchsten Amt. Er nimmt Willy Brandt, den etwas Älteren, am Arm und führt ihn, mit Egon Bahr im Gefolge, an ein paar Vorzimmern vorbei, ins Oval Office.
»How are you doing? Preparing compaign for the next election?«
Er zieht einen Stuhl für seinen Besuch heran und setzt sich dann so hin, dass Willy Brandt ihm neben dem Schreibtisch gegenübersitzt und Egon auf dem Stuhl, der ein ganzes Stück danebensteht, Platz findet.
Nach dem Small Talk auf dem Weg durch den Flur verwandelt sich sein Gesicht in dem Augenblick, in dem das Gespräch beginnt. Er schaut ernst und konzentriert, und nur in kleinen Momenten huscht ein Lächeln über sein Gesicht. Der Präsident hatte offenbar die Pressekonferenz des Regierenden Bürgermeisters am Abend zuvor gesehen. Er sei dankbar dafür, aus deutschem Munde zu hören, dass man Amerika vertraue und dass die Garantien der Vereinigten Staaten für die Freiheit Berlins nicht ständig wiederholt zu werden brauchten. Der Kanzler Adenauer beschwere sich schon, wenn ein Soldat abgezogen wird, weil er wegen einer dringenden Familienangelegenheit nach Hause muss. Ständig sehe der Kanzler die deutsch-amerikanische Freundschaft bedroht und er habe sich schon häufig gefragt, was er noch alles tun soll, um den Deutschen klarzumachen, dass die Amerikaner zu ihrem Wort stehen.
Das Gespräch dauerte etwa eine Stunde, und Egon Bahr spürte, dass es einen persönlichen Draht zwischen Willy Brandt und John F.

Kennedy gab. Nach Ansicht des amerikanischen Präsidenten verringere die Verstärkung der konventionellen Streitkräfte die Gefahr, dass ein Konflikt zwischen der Nato und der Sowjetunion sich schnell und automatisch zu einem nuklearen Krieg ausweite.

Kennedy formulierte präzise, leise und schnell. Sie hatten einen Mann vor sich, der keine Minute zu vergeuden hat und dennoch genau unterrichtet sein will und klare Auskunft erteilt.

Es war ein heller, kalter Tag in Washington. Am frühen Nachmittag lag noch eine Frische in der Luft wie am Ende eines langen Winters. In der Limousine zurück ins Hotel kam Willy Brandt mit einem Mal auf sein Verhältnis zu den USA und zum Westen zu sprechen, so als wolle er sich selbst erklären, wie er als Exilant aus einer kleinen linkssozialistischen Partei deutschen Ursprungs in die Herzkammer des amerikanischen Imperiums gekommen ist.

»Ich denke an 1932/33. Das ist jetzt dreißig Jahre her. Da war ich zwanzig.«

»Und ich elf.«

»Wie war es denn damals? Roosevelt gab eine Antwort auf die große Krise, Hitler war die andere Antwort.«

»Kann man so sehen.«

»Vielleicht hätte uns allen viel erspart bleiben können, wenn die amerikanische Antwort schon früher gegeben worden wäre. Das kann niemand beweisen, klar. Das würde auch niemandem seinen Teil der Verantwortung nehmen.«

Egon ließ Willy reden. Wie immer. Er fragte sich nur, worauf er mit seinen Grübeleien hinauswollte.

»Aber zeigt das nicht, dass es im Leben einer Nation, so wie in unserem eigenen, fast immer mehr als einen Weg gibt? Das ganze Studium der Geschichte ist doch nichts wert, wenn nur herauskommt, dass alles so kam, wie es kommen musste.«

»Stimmt, Willy. Deshalb machen wir ja Politik. Oder?«
Willy lachte aus vollem Herzen. Egon fühlte sich völlig gelöst. Und beide waren ziemlich zufrieden mit sich und der Welt.
Am 25. November 1963 war Willy Brandt unter den Staatsoberhäuptern und Regierungschefs auf dem Heldenfriedhof von Arlington. Er war nur der Bürgermeister einer Stadt, trotzdem hatte Lyndon B. Johnson ihn eingeladen. Der war an Bord der Air Force One nach Washington mit dem Sarg des ermordeten Präsidenten und neben Jackie Kennedy, die immer noch ihr blutverschmiertes pinkfarbenes Kostüm trug, von einer Bundesrichterin als 36. Präsident der Vereinigten Staaten vereidigt worden.
Jackie hatte den Verteidigungsminister Robert McNamara und den Sonderberater ihres Mannes Arthur Schlesinger gebeten, zu entscheiden, ob der Sarg offen oder geschlossen sein sollte, wenn die Menschen kommen würden, um sich von ihrem Präsidenten zu verabschieden. Kennedys Gesicht war künstlich wiederhergestellt worden und wirkte wie aus Wachs. Es war ein schrecklicher Anblick für seine beiden engsten Mitarbeiter. Er verkörperte doch so viel Anfang und so viel Hoffnung für so viele. Sie empfahlen der Witwe, den Sarg zu schließen. Und so geschah es.
Jackie wollte, dass die Stafette mit dem Sarg, in die amerikanische Flagge gehüllt, von sechs Pferden gezogen werden sollte. Und hinter dem Sarg sollte wie bei Lincolns Beerdigung ein gesatteltes reiterloses Pferd laufen.
Die Welt sah zu, wie der dreijährige John-John vor dem Leichnam seines Vaters salutierte. Daneben stand seine Mutter, die Witwe, mit einem schwarzen Schleier vor ihrem Gesicht.
Während der Zeremonie auf dem Friedhof trat mit einem Mal ein Soldat neben Willy Brandt. Die Witwe des Präsidenten lasse fragen, ob er der Familie einen Besuch abstatten könne.

Egon Bahr, der immer an Willy Brandts Seite war, erfährt von diesem Besuch erst auf dem Rückflug.
»Ich sollte nach der Beerdigung im Pulk der Staatsgäste warten. Ich war noch ganz benommen von dem, was ich gerade erlebt hatte. Plötzlich werde ich von einer feinen Dame, der Gattin des Protokollchefs, wie sich später raustellt, aufgefordert, ihr zu folgen.«
Egon ist baff.
»Wohin ging's denn?«
»Wir gingen direkt zu einer der schwarzen Limousinen. Die rauschte sofort ab. Sie schwieg, ich schwieg. Vielleicht zehn Minuten. Dann waren wir beim Weißen Haus.«
»Unmittelbar nach der Beerdigung?«
»Ja.«
»Es ging dann mit dem Fahrstuhl nach oben. Als die Tür aufging, stand im schwarzen Kleid Jackie Kennedy vor mir. Aufrecht, gefasst, so wie man sie die ganze Zeremonie über gesehen hatte. Sie nahm mich, wie ihr Mann, am Arm und ersparte mir die konventionellen Dinge, die man sonst sagen muss.«
Egon konnte sich die Szene genau vorstellen. Im Hause Kennedy wird nicht geklagt, sondern ertragen.
»Wir gingen in einen Salon, wo ich die nächsten Angehörigen des Präsidenten wiedersah: Robert, Edward, die beiden Brüder. Misses Shriver, Misses Smith und Misses Lawford, die Schwestern. Ethel, die Frau von Bob. Prinzessin Lee Radziwill, die Schwester von Jackie.«
Das Gruppenbild einer Familie.
»Nach kurzem Zunicken rundum bat Jackie ihren Schwager Bob und mich in ein anderes Zimmer.«
Willy, der die ganze Zeit auf den Flugzeugsitzen mehr nach vorne gesprochen hatte, wandte seinen Kopf Egon zu und schaute ihn direkt an.

»Dort saßen wir zu dritt, und Jacqueline Kennedy begann, von ihrem Mann zu sprechen. Es sei damals von seiner Fahrt durch Deutschland, vor allem aber von seinem Aufenthalt in Berlin begeistert heimgekehrt. Wie viel habe er davon erzählt und wie gern habe er den Film über den Tag in Berlin seinen Gästen gezeigt.

Und dann hat sie mir tatsächlich gesagt, wie eigenartig es doch sei, manchmal denke sie, dass die Worte ihres Manns, an die man sich am meisten erinnern wird, Worte waren, die er nicht einmal in seiner eigenen Sprache sagte: Ich bin ein Berliner.«

Der Schlachtensee
das Treffen.

Stammt das noch aus der Zeit, als du vom Fischfang gelebt hast?

Was hältst du von Lübke?

Kyrie
Kyrie.
Kyrie.
Der Bundespräsident
und sein Führer
sind glänzender Laune

DEZEMBER 1963

WESTBERLIN, SCHLACHTENSEE

Ein Fahrrad lehnt an der großen Kiefer. Er ist also schon da. Steht im märkischen Sand, raucht und sieht den Schlachtensee entlang. Willy Brandt trägt ein Regencape und eine Sonnenbrille. Als er das Cape über den Kopf zieht, verrutscht seine Brille, und Bahr sieht für einen Moment seine müden Augen.

»Stammt das noch aus der Zeit, in der du vom Fischfang gelebt hast?«

»Das Cape? Das ist aus norwegischen Armeebeständen. Damit sollte ich über Nazideutschland abspringen.«

Er ist zu Scherzen aufgelegt. Das wird das Gespräch einfacher machen.

»Was hältst du von Lübke?«

»Wegen dieser Frage hast du mich am Samstagmittag hierherbestellt?«

»Erstens, ja. Zweitens, nein.«

»Bitte keine Kryptologie. Rede nicht um den heißen Brei herum. Um was geht's?«

Brandt nimmt die Brille ab, tritt seine Zigarette aus und schaut ihn an. Plötzlich sieht er hellwach aus.

»Was hältst du von Lübke?«

»Für den Alten war der der Richtige. Lübke ist einer, der ihm nicht reinpfuscht. Rut bemitleidet ihn, hält ihn für überfordert. Ich übersehe ihn für gewöhnlich, was nichts daran ändert, dass er der Bundespräsident ist, aber ein richtiger Politiker ist der für mich nicht. Seit wann interessierst du dich ausgerechnet für Lübke?«

»Seit der Onkel ihm eine zweite Amtszeit verschaffen will.«
»Das ahnen wir doch schon lange. Du kennst doch die Schwarzen. Die sind mit Lübke gut gefahren, und großen Schaden hat er auch nicht angerichtet.«
»Hast du mir überhaupt zugehört? Der Onkel und nicht der Alte will ihn unterstützen.«
»Beruhige dich, Egon. Der Onkel weiß, was er tut.«
»Auch in diesem Fall? Du meinst also ernsthaft, wir sollen zusammen mit den Schwarzen ihren Traumbundespräsidenten wählen? Was haben wir denn davon?«
»Weniger Ärger. Wenn Lübke sich um den Hunger in der Welt kümmern kann, ist der doch zufrieden. Wir sollten unsere Kräfte schonen. Mir fallen auf Anhieb einige Dinge ein, die ganz bestimmt wichtiger sind als die Frage, wer Bundespräsident wird. Was man ihm vorhalten kann, sind doch nur seine Harmlosigkeit und seine Beschränktheit. Aber damit steht er nicht allein, oder?«
»Lach du nur. Soll ich dir mal was zeigen?«
Egon Bahr fängt an, sich zu ärgern. Warum nur war er auf die dämliche Idee gekommen, sich hier an diesem See zu treffen? Sie stehen in einer Landschaft wie im Traum, kurz vor dem Aufwachen, im Halbschlaf, menschenleer, schweigend still und wunderschön. Vollkommen ungeeignet für ein Gespräch über ein taktisches Manöver. Wo zum Beispiel sollte er Brandt die Fotos zeigen? Sie konnten doch nicht wie zwei Verschwörer auf einer Bank sitzen und die Köpfe zusammenstecken. Erst mal eine rauchen. Aus der Innenseite seines Mantels holt er eine Packung Zigaretten, schüttelt sie, nimmt sich zwei, von denen er eine in seinem linken Mundwinkel platziert und die andere Brandt anbietet. Vorerst bleiben sie stehen, sprechen kein Wort, rauchen und schauen gedankenverloren auf den See. Bahr muss sich zügeln. Das ist ihm alles zu elegisch. Bei Brandt wird ihm

das mit dem Schweigen manchmal zu viel. Erneut ein Griff in die Innenseite seines Mantels. Er zieht einen Umschlag hervor. Dann ruft er zweimal hintereinander:
»Fassszinierend! Fassszinierend!«
Willy Brandt wendet sich ihm erstaunt zu, und Egon Bahr hat erreicht, was er wollte: Die melancholische Stimmung ist im Eimer.
»Was wolltest du mir zeigen?«
Bahr nimmt einen Zug und hält Brandt dann ein sepiafarbenes, am Rand gezacktes Foto vors Gesicht.
»Schau dir das mal an.«
Brandt schüttelt den Kopf.
»Wie eine Uniform einen Menschen verändern kann. Fast hätte ich ihn nicht erkannt. Ohne Zweifel ist das der junge Lübke. Sieht nicht so harmlos aus wie heute. Warum zeigst du mir das?«
»Das war nur zur Einstimmung. Mir ist zugetragen worden, dass Ostberlin Material zurückhält, das Lübkes Verstrickung mit der NS-Kriegswirtschaft beweist. Die haben wohl Akten, aus denen hervorgeht, dass er in der Heeresversuchsanstalt Peenemünde den Arbeitseinsatz von einigen Hundert Zwangsarbeitern und KZ-Häftlingen plante und koordinierte. Er leitete die Bauabteilung. Die armen Schweine mussten unter extrem harten Bedingungen für die deutsche Kriegswirtschaft schuften. Die lebten in Barackenlagern und Kellern zusammengepfercht, später auch in unterirdischen Schächten. Es ging um die Montage der V2-Raketen. Die Häftlinge starben wie die Fliegen, was unseren Freund Lübke wohl nicht sonderlich gestört hat.«
»Schiete. Was jetzt?«
»Das war noch nicht alles. Meine Quelle sagt, dass der Onkel in der Sache drinsteckt.«
»Der Onkel? Der war doch in Moskau und nicht im Harz.«

Wessen Onkel der Onkel ist, weiß man nicht so genau. Er gehört nirgends richtig dazu. Man will ihn auch gar nicht fragen, warum er der Onkel ist. Er spricht nicht, sondern bellt. Presst abgehackte Sätze aus sich heraus, die er seinem Gegenüber vor die Füße spuckt. Wie es in dem Innern aussieht, aus dem diese Laute kommen, will man sich gar nicht vorstellen. Gleichzeitig heißt es, er sei äußerst feinfühlig. Also ein empfindsamer Onkel, der die Literatur liebt. Das glaubt keiner so richtig, denn der Onkel trägt ein Kainsmal auf der Stirn. Er ist ein ehemaliger Kommunist. Er ist also nicht mehr er selber, nämlich Herbert Wehner aus Dresden, sondern ohne Namen und Mutter, eines der »leeren Blätter, auf welche die Revolution ihre Anweisung schreibt«. Der Onkel war überall dort gewesen, wo der Verrat und die Intrige herrschten. Ein Funktionär von Stalins Weltrevolution. Noch immer schwitzt und dampft er den ideologischen Irrsinn von damals aus. Pausenlos saugt er an seiner Pfeife. Er raucht, damit er nicht explodiert. Wo er geht und steht, stößt er wie ein Drache kleine Rauchwolken aus. Der Onkel schweigt, oder er schreit. Stundenlang brütet er vor sich hin, um sich dann hemmungslos schimpfend zu entladen und über andere herzuziehen. Der Onkel hat Stalins Moskau überlebt. Er logierte im legendären Hotel Lux, wo die Spitzen der Weltrevolution untergebracht waren. Dort herrschte pure Angst. Angst, dass es klopft und man vom NKWD abgeholt, in die Lubjanka geschleppt, gefoltert und zum Tode verurteilt wird. Auf den Fluren und bei Empfängen der properen Bundesrepublik flüstert man sich zu, der Onkel habe andere ans Messer geliefert. Nur deshalb habe er überlebt. Der Onkel riecht nach Verrat. Er weiß das. Er hört sie flüstern und mit Fingern auf ihn zeigen. Ehemalige Nationalsozialisten werden zu Ministern gemacht, aber der ehemalige Kommunist muss in der Ecke stehen. Doch der Onkel, der 1942 in Schweden verhaftet wurde und im Gefängnis mit dem Kommunismus brach, wurde Sozialdemokrat und hat sich unentbehrlich gemacht. An ihm kommt heute in Bonn keiner vorbei. Seinen Methoden ist er treu geblieben: Der Onkel stellt Gegner kalt. Wer ihm nicht passt, wird denunziert. Kritiker brüllt er nieder. Journalisten kriegen einen auf die Mütze. Das hat er in Moskau gelernt.

»Klar war der in Moskau, und manchmal glaube ich, dass er noch immer dort ist, so, wie der sich aufführt. Ich traue dem nicht über den Weg. Und deshalb kann ich mir sehr gut vorstellen, dass an diesen Gerüchten was dran ist. Wo seine Loyalität liegt, weiß nur er allein.«

»Mag sein. Genug mit dem Herumgeraune. Was ist Sache, Egon?«

»Berlin, ich glaube, es geht um Berlin. Berlin ist zu einer Last für Ost und West geworden. Nimm doch mal Adenauer. Der glaubte doch, er landet in Sibirien, wenn er über die Elbe fährt. Dem war Berlin schnurz. Hauptsache, Europa, Hauptsache, de Gaulle, Hauptsache, Nato. Oder weshalb hat es Tage gedauert, bis er sich nach dem Mauerbau bei uns hat blicken lassen? Dem war das recht. Wir beide haben in unserer Verzweiflung sogar überlegt, die Berliner zum Aufstand aufzurufen. Erinnerst du dich? Keine Frage, Berlin zahlt den Preis dafür, dass Bonn europäisch werden kann.«

»Lass stecken, Egon. Ich weiß, dass wir beide die besten kalten Krieger ever sind. Die einzigen, die Berlin verteidigen. Die im Westen interessieren sich nicht die Bohne für ihre Brüder und Schwestern hinterm Eisernen Vorhang. Oder hast du schon mal was von einem Streik für den Osten gehört? Im Kreml ist im August 61 kein einziges Protestschreiben gegen den Bau der Mauer eingegangen. Deren Kalkül ist aufgegangen. Die wussten, Kennedy riskiert doch wegen Berlin keinen Atomkrieg. Die Teilung Berlins hat zweifelsohne den Weltfrieden gerettet. Aber bist du dir sicher, dass an dem Vorwurf mit den Zwangsarbeitern und KZ-Häftlingen überhaupt was dran ist? Wir wissen alle, die Stasi fälscht Unterlagen, wie sie es brauchen. Und was hat das alles mit dem Onkel zu tun?«

»Willy, was ist, wenn der Onkel Berlin verschachern will? Diese Beweise sollen nämlich mit seinem Wissen oder gar auf sein Betreiben hin an die Öffentlichkeit lanciert werden.«

»Vorsicht, das ist nicht bewiesen. Gehen wir die Sache durch: Der Onkel könnte über seine Geheimkanäle Kontakt mit dem Spitzbart aufgenommen haben oder umgekehrt. Die beiden haben ein gemeinsames Interesse: Der Spitzbart will Berlin zu einer entmilitarisierten Freien Stadt machen, um sie seinem Sowjetdeutschland einzuverleiben, und der Onkel will die jetzige Regierung schwächen, um uns nach oben zu katapultieren. Die wollen beide die deutsche Teilung beibehalten. Wir stehen auf verschiedenen Seiten. Sollte Lübke mit unseren Stimmen gewählt werden und dann platzt die Bombe, wird weder der Kanzler noch sein Bundespräsident zu halten sein. Der Onkel wäre dann der Mann der Stunde und würde die SPD endlich an die Regierung bringen. Die Linie würde dann allein er vorgeben. Er träumt von einer neutralen, entmilitarisierten Republik. Mit Moskau will der es sich nicht verderben. Das unterstelle ich ihm zumindest. Wissen tu ich das nicht. Der sagt kein Sterbenswörtchen darüber, was er plant. Er behält seine Absichten und Gedanken für sich. Echt stalinistisch. Man erfährt nie etwas.«

»Auf diese Weise könnte er die Westbindung aushebeln. Die in Bonn wären diese lästige Rumpfstadt im Osten los und könnten sich ungeniert nach Westen orientieren. Der Kanzler der Westdeutschen hält weiterhin Händchen mit de Gaulle, und Berlin geht flöten. Teuflisch. Mir ist der schon immer unheimlich gewesen. Einer, der Moskau überlebt hat. Und was ist mit dem Spitzbart?«

Den Spitzbart trägt der Spitzbart, um sein vor Bosheit steifes Gesicht zu verstecken, so hieß es schon früher in der KP. Der Spitzbart ist auch so einer, den keiner mag. Der Onkel und der Spitzbart kennen sich eine halbe Ewigkeit. Beide sind Proletariersöhne aus Sachsen, beide lebten jahrelang als Mitglieder der KP-Auslandsleitung im Untergrund, beide wurden steckbrieflich gesucht, ausgebürgert, und beide kämpften für die gleiche Sache, nämlich für die Sowjetunion. In Berlin, in Paris und in Moskau. Weder der Onkel noch der Spitzbart interessieren sich für Philosophie oder Theorie. Umso mehr für Treue und Verrat. Der Spitzbart ist ein heimtückischer Mensch. Auf Fahndungsfotos aus den 1920er-Jahren, als er noch einen schwarzen Ledermantel und nicht helle Zweireiher trug, sieht man, dass er auch ein brutaler Mensch ist. Der Onkel und der Spitzbart sind Krieger. Sie kämpften im europäischen Bürgerkrieg. Um sie herum wimmelte es von Schädlingen, Volksfeinden und Doppelzünglern. Die mussten im Zweifelsfalle alle liquidiert werden. Der Spitzbart hat Zehntausende Parteisitzungsstunden auf dem Buckel. Während andere Genossen einschlafen, weil sie das monoton vorgetragene Parteichinesisch nicht mehr ertragen, bleibt er frisch wie am ersten Tag. Das ist seine besondere Begabung. Von ihm heißt es, dass er ein Gedächtnis wie ein Elefant hat. Ununterbrochen grübelt er darüber nach, wen er wo absetzen und wohin stecken kann. Wenn er einen Raum betritt, sinkt die Temperatur. Er ist eiskalt und feige. Beides prädestiniert ihn zum Diktator.

»Der Spitzbart und der Onkel wissen zu viel voneinander. Sie haben gemeinsame Leichen im Keller. In ihrer Welt nutzt man solch ein Wissen aus, um sich gegenseitig zu erpressen. Aber ich will mich nicht mit denen abgeben. Mich interessiert vor allem, was an den Vorwürfen gegen Lübke dran ist. Wenn du nicht mehr hast als dieses Foto und die Gerüchte, dann warten wir erst mal ab.«

Bahr fischt ein großes Foto aus dem Umschlag. Der Himmel über dem Schlachtensee ist jetzt nichtssagend grau.

»Enttäuschend der Himmel heute«, sagt er, als er Brandt das Foto reicht und den Flug der Schwäne beobachtet.
»Zwei der Herren erkenne ich sofort. Hilf mir mal bei den anderen.«
»Das Foto wurde Ende März 1941 auf dem Gelände der Heeresversuchsanstalt Peenemünde aufgenommen. Am 30. März um elf Uhr wird Hitler die wichtigsten Offiziere der Wehrmacht in die Reichskanzlei einbestellen. Er wird ihnen seine Pläne für den Vernichtungskrieg gegen die Sowjetunion erläutern. Einen Rassenkrieg will er entfesseln. Lebensraum im Osten für die arische Rasse, der ganze Irrsinn. Wie du siehst, sind die Herren prächtiger Stimmung. Sie reiben sich schon die Hände. Sie werden es krachen lassen und einen Krieg entfachen, wie ihn die Welt noch nicht erlebt hat. Der links vorne verdiente sich seine Meriten beim Überfall auf Polen. 1940 bis zum Ende des Krieges war er Chef des Heereswaffenamtes und führend an der geheimen Entwicklung von Biowaffen beteiligt. Heute ist er ein Lobbyist der Rüstungsindustrie und sitzt wahrscheinlich auf Lübkes Schoß. Der rechts außen in vollem Ornat ist Fritz Todt, früher SA-Standartenführer. Er leitete bis 1942 die deutsche Kriegswirtschaft. Und der freundliche Generalmajor an der Seite war maßgeblich für die Raketenentwicklung, sprich die Wunderwaffe V2, verantwortlich. Heute erkennst du den nicht mehr. Der hat Tweedjacketts an und raucht Pfeife. Wernher von Braun hat ihn in die USA mitgenommen. Er arbeitet bei der Raumfahrtbehörde NASA und gilt als honoriger Gentleman. Wen man allerdings sofort erkennt, sind unser Bundespräsident und Adolf Hitler.«
»Offensichtlich fühlt sich Lübke in Gesellschaft dieser Wehrmachtsscheusale pudelwohl.«
»Der Bundespräsident und sein Führer sind blendender Laune, haben bestimmt schon mächtig Witzchen gerissen. Dieses Foto beweist,

wie nah Lübke an Hitler und an den für den Vernichtungskrieg Verantwortlichen dran war. Der steckt knietief mit drin. So einer kann doch nicht mit unseren Stimmen das zweite Mal zum Bundespräsidenten gewählt werden. Meine Quelle sagt, dass es noch weitere solche Fotos gibt.«

»Scheißkerle.«

»Und jetzt?«

Brandt bleibt stehen.

»Den Spitzbart treibt die Angst um, im Machtpoker der Großmächte übergangen zu werden. Seine wirtschaftliche Bilanz ist unterirdisch. Und die Mauer musste er bauen, damit er nicht allein übrig bleibt in seinem Arbeiter-und Bauern-Paradies. Dem ist der Spatz in der Hand lieber als die Taube auf dem Dach. Das heißt Sowjetdeutschland im Osten aufbauen und dann weitersehen, was aus der Wiedervereinigung wird. Wenn der die Bundesrepublik schwächen und Berlin zur Freien Stadt machen kann, dann ist er seinem Ziel ein Stück näher. Dazu braucht er den Onkel.«

»Der Onkel ist quasi sein Agent im Westen.«

»Genau. Ich bin fest davon überzeugt, dass der Onkel operatives Material über den Spitzbart in der Schublade hat. Das sind Profis. Von denen geht keiner ein Risiko ein. Vielleicht erpresst auch der Spitzbart den Onkel, keine Ahnung. Der Onkel ist ein echter Gegner für den Spitzbart, denn der ist durch die gleiche Schule gegangen wie er. Da ist alles erlaubt, um politische Ziele durchzusetzen. Diese Prägung bleibt.«

Bahr spürt, wie in Brandt die Unruhe wächst.

»Warum, glaubst du, macht das der Onkel?«

»Der will aus der Schmuddelecke raus. Wenn der es schafft, dass die SPD an der Regierung beteiligt wird, dann ist der erste Teil seines Plans aufgegangen. Er wird Minister und dadurch rehabilitiert. Und irgendwann fliegen die Schwarzen raus, und wir Roten sind an der Macht. Bravo.«

»Entschuldige, aber sind das nicht reichlich verquere Träume verbitterter, alter Männer?«

»Das verstehst du nicht, Egon. Die leiden unter einem Phantomschmerz. Du kennst doch Heiner Müller, diesen Dichter aus dem Osten. Der hat gesagt, die größte historische Leistung der deutschen Arbeiterklasse war der Nationalsozialismus. Das halten die beiden nicht aus. Der Onkel will die Arbeiterklasse mit dem Staat versöhnen und sich selbst mit der Arbeiterbewegung. Er will ein neutrales, sozialistisches Deutschland. Der Spitzbart wiederum ist sauer, dass ihm die deutschen Arbeiter seine Bilanz verhagelt haben. Die deutsche Revolution unter seiner Führung ist ausgefallen. Das Volk ist sein Feind. Der will die Hitler-Deutschen zu Sowjetdeutschen machen.

Kann sein, dass unsere beiden Helden sich gegenseitig erledigen. Besser wär's. Doch du hast recht, wir können nicht zusehen, wie Berlin zum Spielball dieser beiden Hirne wird. Wir müssen die Attacke aus den eigenen Reihen parieren.«

Willy Brandt verlangsamt seine Schritte, und Egon Bahr weiß, dass er jetzt loslegen kann.

»Das ist nicht so einfach, denn wir müssen gegen den Onkel und gegen die Schwarzen gleichzeitig Position beziehen. Und dann ist da auch noch der Spitzbart. Bevor sie mich wegen meiner jüdischen Großmutter aus der Wehrmacht schmissen, habe ich auf der Kriegsschule einiges über Strategie und Taktik gelernt und bin deshalb zu dem Schluss gekommen, dass wir von einem Standpunkt außerhalb angreifen müssen.«

»Aha, aber du weißt schon, dass wir allein sind und keine Truppen hinter uns stehen.«

»Wir sind beide Einzelkämpfer. Dass das zu wenig ist, gebe ich zu. Wir brauchen noch einen weiteren Einzelkämpfer.«
»Und der wäre?«
»Marlene Dietrich.«
»Marlene Dietrich? Ja und was soll die machen? Singen?«
»Die präsentieren wir als Gegenkandidaten. Lübke gegen Dietrich, das ist doch was, oder?«
Bahr strahlt über beide Backen. Brandt blickt entgeistert nach oben.
»Tricky Egon. Wie bist du denn darauf gekommen? Und was soll das bringen?«
»Wir haben mehr als genug Nazis in führenden Positionen. Die sollen mal mitkriegen, dass es auch noch andere als sie gibt. Konkurrenz belebt die Demokratie, oder? Voilà: Marlene Dietrich ist die Antifaschistin schlechthin. So eine hat weder der Kreml noch der Spitzbart aufzubieten.«
Brandt wirft einen skeptischen Seitenblick auf Bahr. Der schreitet weit aus und lässt sich in seiner Begeisterung nicht bremsen.
»Keiner weiß doch besser als du, wie viel Unverständnis und offene Feindseligkeit einem entgegenschlägt, wenn man nicht ein braver Hitler-Deutscher gewesen ist. Wie oft hast du dir anhören müssen, dass mit dir was nicht stimmt. Stimmig sind hierzulande nur die, die nicht gegen die Nazis aufbegehrt haben. Die Jasager und die Opportunisten. Und denen machen wir mit der Dietrich einen dicken Strich durch die Rechnung. Ich freue mich schon auf ihre Gesichter, wenn wir Dietrichs Kandidatur verkünden. Yep!«
»Jetzt mach mal halblang. Das sehe ich noch nicht.«
»Mensch, Willy, die ändern sich doch sonst nie. Denen müssen wir einen vermeintlich Fremden als geeigneten Repräsentanten Deutschlands anbieten. Du gehörst doch auch zu diesen Fremden, und dich haben sie fast schon akzeptiert.«

»Aber nur fast.«
»Jetzt sei doch nicht so verzagt. Das passt nicht zu dir. Wenn ich dich zitieren darf: In großen Fragen muss man sein Herz am Anfang über die Hürde werfen.«
»Das soll ich gesagt haben? Weiter bitte.«
»Die Dietrich ist Deutsche, aber sie gehört nicht dazu, weil sie die Nazis schon immer abscheulich fand. Daraus hat sie nie einen Hehl gemacht. Du und die – ihr seid das deutsche Dream-Team!«
»Wenn ich dich daran erinnern darf, sie ist amerikanische Staatsbürgerin. Eine Amerikanerin kann doch nicht zum deutschen Bundespräsidenten gewählt werden. Oder willst du auch noch das Grundgesetz ändern?«
»Ich gebe zu, der Plan ist noch nicht ganz ausgereift, aber das kriegst du schon hin.«
»Ich? Wieso denn ich?«
»Na, weil du sie fragen wirst. Die mag dich. Das ist unsere Chance.«
»Du spinnst doch.«
»Ich meine das ernst. Dietrich kann vollkommen anders auftreten und Deutschland – wie soll ich sagen – unbefangener vertreten als jeder andere. Außerdem wird sie in der ganzen Welt wegen ihrer klaren Haltung gegen den Nationalsozialismus geschätzt. Du sagst doch selbst, dass die Politik des 20. Jahrhunderts in Afrika und Asien entschieden wird. Ich habe lange genug in Ghana gelebt, um zu wissen, dass der Lübke keiner ist, den man dorthin schicken kann. Wir sind doch zusammen in Afrika gewesen. Willst du denen den Nazi-Greis Lübke präsentieren? Der glaubt doch, dass es genügt, wenn er Duschen und Reis spendiert. Die Dietrich ist da eine andere Nummer. Abgesehen davon spricht sie perfekt Englisch und Französisch.«
»Aber sie ist politisch ein unbeschriebenes Blatt.«

»Erstens: Fällt dir was Besseres ein? Zweitens: Warum nicht? Drittens: So unbeschrieben ist sie dann auch wieder nicht. Haben wir doch im April in Paris gesehen. Außerdem soll sie repräsentieren und so Politik machen. Und wer kann das besser als eine Schauspielerin? Ich sag dir, die Dietrich ist die perfekte Bundespräsidentin.«
»Das ist nicht ganz falsch. Mit der kann man durch die Welt reisen.«
»Siehste! Ich habe von Kennedy und seinen Leuten gelernt, dass Politik jetzt vollkommen anders funktioniert. Winkel und Entfernung der Kamera zum Redner sind zum Beispiel wichtiger als die Menge der Zuhörer. Und warum? Weil das Fernsehen viel mehr Zuschauer erreicht. Die Kameras wären immer auf sie gerichtet. Und sie kann mit der Kamera umgehen.«
»Und du meinst, das reicht?«
»Wir müssen Ereignisse produzieren. Das ist das Neue an der Politik. Denk an Berlin! Berlin muss dringend eine neue Ausstrahlung verpasst bekommen. Immer nur Aschenputtel, leidgeprüft und geteilt, so wird das nichts. Da will doch keiner hin, wenn alle Trübsal blasen. Dietrich ist eine, die das Schicksal ihrer Heimatstadt zur Sprache bringt, aber auf verführerische Weise, denn sie verbindet die große Zeit Berlins, Dreigroschenoper, Doktor Mabuse, Stresemann, Blauer Engel und das alles, mit der Gegenwart. Außerdem ist sie eine, die bedingungslos für den Westen einsteht, aber trotzdem Gefühle für den Osten zeigt. Was sagste jetzt?«
»Aber du weißt schon, dass sie nie gewählt werden wird? Sie ist eine Frau, sie ist Amerikanerin, und sie ist Antifaschistin. Das machen die in Bonn nie mit.«
»Du hast vergessen, dass sie für ihren freizügigen Lebensstil berüchtigt ist. Sie liebt Frauen wie Männer. Der Onkel verfällt in Schnappatmung, wenn der ihr begegnet. Und der Spitzbart erst!«
»Die ist nichts für diese puritanischen Kommunisten.«

Prustendes Lachen.
»Das ist es doch gerade! Die bringt Schwung in die Bude und wirbelt Ost-West, links-rechts, Frau-Mann durcheinander. Wenn wir mit der Dietrich aufwarten, dann wissen der Onkel wie auch der Spitzbart, dass wir ihnen auf die Schliche gekommen sind. Wir müssen nur ihren Namen ins Spiel bringen, und schon bekommen die es mit der Angst zu tun. Die ziehen Lübke zurück. Wirste sehen. Ich wette mit dir. Marlene Dietrich ist ein Symbol und bewirbt sich um das höchste Amt im Staate. Dass sie nicht gewählt werden wird, weiß ich auch, aber wir sollten zumindest versuchen, sie aufzustellen. Das Vorgehen habe ich übrigens von dir gelernt: to rearrange the scene. Wir ändern überraschend die Szenerie, und die anderen müssen reagieren. Genial!«
»Und wie stellst du dir das rein praktisch vor?«
»Ich habe schon vorgearbeitet. Momentan ist sie abgetaucht. Frischzellenkur in der Schweiz, Dreharbeiten in den Staaten und danach irgendwas mit der Familie. Was Hollywoodstars eben so machen. Es heißt, sie sei erst wieder im Januar erreichbar. Und siehe da, wo wird sie Anfang Januar sein? Ganz in unserer Nähe, nämlich in Warschau. Dort wird sie Konzerte geben.«
»Ich soll nach Warschau reisen? Das geht doch nicht so einfach.«
»Natürlich nicht. Aber sie wird in Schönefeld zwischenlanden. Weiterfliegen kann sie erst zwei Tage später, das heißt, dass sie zwei Tage dort rumsitzen wird. Da wird sie sich über etwas Ablenkung freuen. Zum Beispiel könnte sie den von ihr geschätzten Regierenden Bürgermeister auf ein Glas Champagner treffen.«
»Champagner! Egon, jetzt geht aber die Fantasie mit dir durch. Willst nicht du sie lieber treffen?«
»Mich beachtet die doch gar nicht. Sie darf als Amerikanerin ja rüber. Willy, du bist dran.«

»Und wie erfährt sie von deinem verwegenen Plan?«

»Gute Frage. Darüber wollte ich mit dir sprechen. Mir wurde zugetragen, dass sie voraussichtlich im Generalshotel untergebracht sein wird. In diesem Fall nützen mir meine Kontakte zum britischen Geheimdienst nichts, denn wenn einer von denen dort aufschlägt, können wir es gleich ins Neue Deutschland setzen. Fällt dir dazu wer ein?«

»Damit wir uns richtig verstehen: Mein Name darf in Zusammenhang mit so einer Aktion auf keinen Fall und nie und niemandem genannt werden. Ich will nichts darüber wissen und würde, wenn mich jemand fragt, alles leugnen. Das musst du auf deine Kappe nehmen. Ich kann mir allerdings vorstellen, mit ihr zu sprechen. Aber nicht im Rathaus oder bei mir zu Hause, sondern an einem sicheren Ort.«

»Wusste ich doch, dass dir das gefällt. Geht klar, du weißt, ich kann Geheimnisse für mich behalten. Aber wer überbringt ihr die Nachricht?«

Bahr kann Brandts Gedanken lesen. Er weiß, er muss jetzt den Mund halten, denn wenn Brandt sich bedrängt fühlt, macht er dicht. Er versteinert, und dann geht gar nichts mehr. Das hat er oft genug schon erlebt. Er hält ihm die nächste Zigarette hin. Rauchend gehen die beiden Männer weiter um den See.

»Es gibt da eine Frau, die kenne ich noch aus Barcelona. Muss 1937 gewesen sein. Eine zähe, junge Frau mit einer schönen, rauen Stimme. Sie stand im Bürgerkrieg zwar auf der Seite der Kommunisten, aber wir waren beide erbitterte Antifaschisten. Wir gehörten zu einer Gruppe junger Brigadisten und hatten Spaß miteinander. Mehr tut jetzt nichts zur Sache. Ich weiß, dass sie in Ostberlin lebt und den Spitzbart hasst. Sie würde alles dafür tun, ihm zu schaden. Du musst das nachprüfen, aber ich habe gehört, dass sie im Generalshotel untergekommen ist. Ich kannte sie nur unter ihrem Decknamen Jenny

Mulack. Ihr bürgerlicher Name ist Aenne Schwartz. Unter einem dieser Namen wirst du sie finden. Das war's. Den Rest musst du allein hinkriegen.«
»Meinst du, die will im Gegenzug ausgeschleust werden?«
»Damals in Barcelona war sie vollkommen vom kriminellen Irrsinn der Komintern getrieben. Würde mich wundern, wenn sie je daran gedacht hätte, die DDR zu verlassen. Die Jenny, die ich gekannt habe, würde im kapitalistischen Westen vor Heimweh nach ihrem kommunistischen Vaterland vor die Hunde gehen. Die kann nur im Osten leben.«
»Ein Vorteil ist, dass sie keinem Agentennetzwerk angehört.«
»Das musst du selbst herausfinden. Du hast doch deine geheimen Kanäle, aber verschone mich bitte mit Informationen.«
»Weshalb soll sie das machen? Bist du nicht ein Verräter für sie? Die riskiert doch einiges, oder?«
»Schlicht aus Rache. Jenny beziehungsweise Aenne mag nur eine einfache Kommunistin sein, aber blöd ist sie deshalb noch lange nicht. Ganz im Gegenteil. Wenn ihr die Aktion zu gefährlich vorkommt, was ich bezweifle, dann meldet sie sich eben nicht. Sie hat jahrelang konspirative Parteiarbeit gemacht und schon schwierigere Situationen überstanden. Da mach dir mal keine Sorgen.«
Bahr schluckt. Dann nickt er Brandt zu.
»Komm, Egon, sing was!«
»Was denn?«
»Na, du weißt schon.«
Und wirklich, Bahr fängt an, gar wundersam schön zu singen. »Kyrie, eleison. Christe, eleison. Kyrie, eleison. Gloria in excelsis Deo et in terra pax hominibus bonae voluntatis. Laudamus te, benedicimus te, adoramus te, glorificamus te.« Das wiederholt er fünfmal. Dann bricht sein Gesang abrupt ab.

»Damals als Chorknabe in Torgau konnte ich den ganzen Text auswendig. Aber jetzt muss ich passen.«
»Schon gut. Wer hat schon einen Pressesprecher, der ihm die Missa solemnis vorsingt. Leb wohl, bis Montag.«
»Denk dran, der erste Termin ist um zwölf Uhr in der Adalbertstraße in Kreuzberg.«
Brandt steigt aufs Fahrrad. Mit wehendem Cape fährt er davon. Bahr geht in die Hocke. Er schaut Brandt nach und lässt eine Handvoll Sand durch die Finger rieseln. Leise summt er »Kyrie eleison«. Schnellen Schritts eilt er davon.

Sogar der Wladimir,
das alte Trampeltier

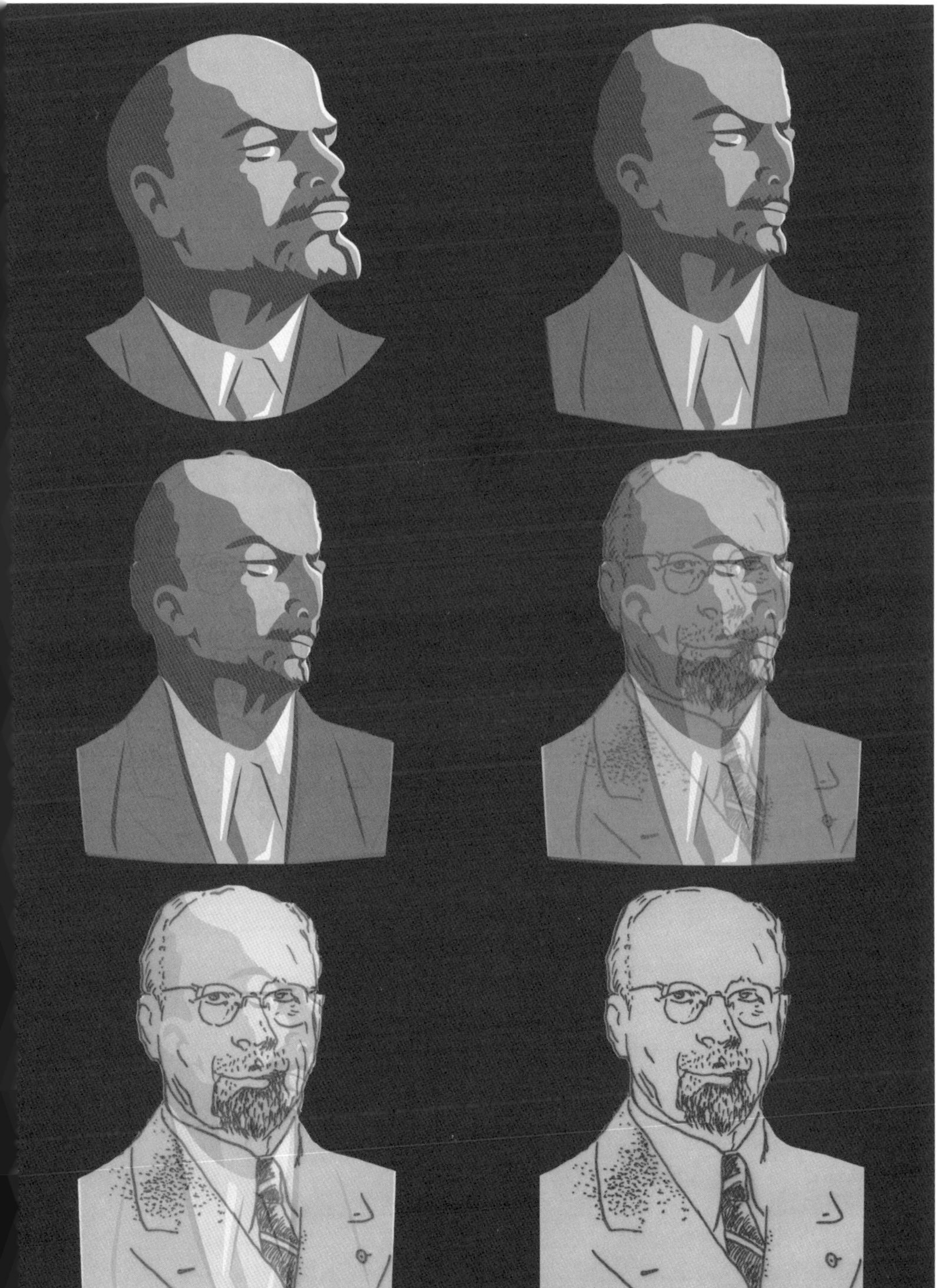

JANUAR 1964

OSTBERLIN, WILHELM-PIECK-STRASSE 10, PRENZLAUER BERG

Keine drei Meter von ihrer Haustür entfernt spürt sie, dass etwas nicht stimmt. Dann erkennt sie den fast unsichtbaren Kreidestrich an der Wand – das Zeichen dafür, dass sie eine Nachricht erhalten hat. Reflexartig hatte sie vorhin von der anderen Straßenseite aus einen Blick nach oben auf das Fenster ihrer Wohnung geworfen. Die Gardine war nicht nach rechts gerückt. Die Luft war rein. Während sie an der Ampel auf Grün wartete, hatte sie sich über sich selbst lustig gemacht. Sie wusste doch ganz genau, dass niemand in der Wohnung war, der sie hätte warnen können. Selbst wenn, vor wem oder was sollte sie denn gewarnt werden? In der Deutschen Demokratischen Republik war sie doch sicher. Natürlich muss man achtsam bleiben, dachte sie noch, als ihr der Strich an der Wand aufgefallen war. Wer will was von ihr? Hat sie etwa Angst? Die Zeiten, in denen sie Kassiber entschlüsselte, liegen lange zurück.

Zwei Stufen auf einmal nehmend steigt sie die Treppen hoch. Wenn jetzt die alte Karsunke die Nase zur Tür rausstreckt, darf sie sich nichts anmerken lassen. Dann hält sie am besten einen Schwatz über das Wetter oder grüßt nur freundlich.

Ihre Wohnungstür sieht aus wie immer. Sie streckt sich, fährt am Türsturz entlang – nichts. Unter der Fußmatte – nichts. Leidet sie unter Einbildungen? Im Treppenhaus ist es still. Nur ab und an ist das entfernte Klingeln der Straßenbahn zu hören. Aenne fröstelt. Das Treppenfenster steht auf Kipp. Ihre Wohnung ist die letzte oben. Danach kommt der Speicher. Dieses Fenster wird nur im Sommer zum Putzen aufgesperrt. Aenne weiß ganz genau, dass es heute Morgen, bevor sie wegging, geschlossen war. Sie wirft immer einen Kontrollblick drauf. Alte Angewohnheit. Rasch schließt sie das Fenster. Geräuschlos verschwindet sie in ihrer Wohnung.

Durchatmen. In der Wohnung riecht es nach dem Apfelmus von gestern. Oder ist das etwa der Alte-Frau-Geruch? Sie ist doch noch keine sechzig. Warum fällt ihr ausgerechnet jetzt Ruth Fischer ein? Der ersten Vorsitzenden der stolzen Kommunistischen Partei Deutschlands sagte man nach, sie trinke vor jedem Auftritt ein großes Glas Schnaps. Um in Stimmung zu kommen. Das sah der ähnlich. Die verdrehte den Genossen den Kopf mit ihrem ausladenden Dekolleté. Aber reden konnte die, das musste man ihr lassen. Mit dreizehn durfte sie als die Älteste ihren Vater das erste Mal zu einer Parteiversammlung begleiten. Am Bülowplatz vor der Volksbühne. Oder war es am Hackeschen Markt? Hat sie jedenfalls nicht vergessen. Die Fischer konnte begeistern, aufpeitschen. Sie riss die Menge mit. So wie die wollte sie auch werden.

Aenne geht in die Küche. Als sie ihre Tasche auf dem Tisch abstellen will, zuckt sie zurück. Da liegt ein weißer Briefumschlag. Der hatte, als sie zur Arbeit ging, noch nicht dort gelegen. Keine Adresse. Kein Absender. Jetzt heißt es Nerven bewahren. Aenne gießt sich einen Schnaps ein. »Auf die Genossin Ruth!« Die ist zwar zum Klassenfeind übergelaufen, aber in ihrer Wohnung hört das ja keiner. Der Briefumschlag liegt vor ihr. Sie kann den Blick nicht von ihm wenden. Soll sie ihn öffnen? Jetzt gleich oder besser eine Nacht darüber schlafen? Ungelesen wegwerfen? Ihre geschulte Intuition sagt ihr, dass sie die Nachricht lesen muss. Danach müssen alle Spuren getilgt werden. Auch ihre Einraumwohnung in der Wilhelm-Pieck-Straße 10 ist nicht sicher. Ein Schluck, Augen zu und durch. Seltsamerweise ist der Umschlag aus Plastik. Zum Schutz, wenn es regnen sollte? Hier in der Wohnung? Geht ganz schön schwer auf. Sie holt eine Schere, schneidet das Quadrat links auf. Noch ein Schluck, dann fischt sie vorsichtig ein zusammengefaltetes, gelbes Blatt Papier aus dem Umschlag. Sie schenkt sich nach. »Jetzt sei nicht so eine Memme, Aenne«, hört sie ihren Vater lachend sagen. Der ist als linientreuer Genosse gestorben. Und zwar bevor das richtig losging mit den Nazis. Im Krieg hatte er ein Bein verloren, aber gestorben ist er an einem Mückenstich. Blutvergiftung. War nicht mehr zu retten. Der Arzt drüben in der Charité hat nur mit der Schulter gezuckt.

AM FREITAG WARTET EINER, DEM ICH VERTRAUE, IM OPERNCAFÉ MIT EINER NACHRICHT AUF DICH. 16:20 UHR. ER TRÄGT EINEN TRENCH MIT LEDERKNÖPFEN UND LIEST ND. WALDI MAG DIE COMEDIAN HARMONISTS NOCH IMMER NICHT. SALUD!

Sie waren eine kleine Gruppe gewesen. Sieben von zehntausenden Freiwilligen. Damals in Barcelona. Vier Männer, drei Frauen. Internationale Brigaden. Jung, mutig, entschlossen und vergnügt. Mit einem zukunftsfrohen Lächeln auf den Lippen. Für kurze Zeit spielten Parteistreitereien keine Rolle. Durchschaute sowieso keiner mehr so richtig. Viel amüsanter war es, über die Anführer und Funktionäre zu spotten, zusammen zu trinken, zu tanzen und zu lachen. Waldi war ihr Spitzname für den lebensbitteren KP-Funktionär Walter Ulbricht. Von den sieben, die diesen Spitznamen kennen, sind fünf tot: Stephen fiel in Afrika, Marieluise wurde von einem Franco-Panzer überrollt, Benjamin kam nach Auschwitz, die schöne Natalie und ihr Enrique gelten als in Kasachstan verschollen. Wahrscheinlich im Gulag umgekommen. Die beiden waren ihr schon immer verdächtig gewesen. Stalin wusste, wen er dorthin schickte. Daran hegt sie bis heute keinen Zweifel. Eigentlich ist sie froh, dass sie tot sind. So können sie ihr nicht mehr gefährlich werden. Wer weiß, was die erzählt hätten. Es bleibt außer ihr nur einer, der noch am Leben ist und Ulbrichts Spitznamen kennen kann, und das ist Willy. Willy Brandt. Und ausgerechnet der meldet sich bei ihr?

Aenne steht auf, schaut aus dem Fenster. Kurz nach drei. Es dämmert bereits. Freitag, 16 Uhr wird es dunkel sein.

Über zwanzig Jahre ist das her, aber es kommt immer noch vor, dass sie mitten in der Nacht aufschreckt, weil sie sich selbst singen hört. Moskau, nach Ausbruch des Krieges, noch vor dem Überfall der Deutschen. »Sei kein Spielverderber, Aenne. Sing's doch nur ein einziges Mal, bitte!« Sie hätte es kommen sehen müssen. Wäre sie bloß nie zu Sepps Geburtstagsfeier gegangen. Das endete jedes Mal in einem wodkaseligen Gelage voller Heimweh nach Berlin und Sehnsucht nach der Revolution. »Komm, stell dich auf den Tisch, so wie damals in der Kantine in der Schönhauser. Nur einmal. Weißt du den Text noch?«

Immer lauter haben sie gebettelt, Rosi hat sie aus dem Stuhl hochgezerrt, und Hans rief, das sei sie Sepp schuldig. Einen Teufel war sie dem schuldig. Weder ist Aenne eine begabte Sängerin, noch kann sie schauspielern, aber sie bildet sich beides gerne ein. Ihre Eitelkeit siegt. Sie steigt auf den Tisch, wiegt sich in den Hüften und beginnt leise mit »Wenn die Sonja russisch tanzt, fühlt man ihre Glut«, sie wird lauter, »Wolga, Wodka, Kaukasus liegen ihr im Blut«, die anderen klatschen, feuern sie an, und am Ende liegen sich alle in den Armen und grölen fast schon »Sogar der Wladimir, das alte Trampeltier …«.

»Seid doch mal still«, brüllt da Sepp. »Hört ihr nicht? Es klingelt.«

Wie aus dem Nichts steht Genosse Ulbricht in der Tür. Der Zensor von Radio Moskau. Ihr Chef. Ein Schnüffler. Mächtig und von allen im Raum gehasst. Mit hochrotem Kopf und sich überschlagender Fistelstimme verlangt er den sofortigen Abbruch der Feier. Er nimmt die auf dem Tisch stehende, alle überragende Aenne ins Visier. Das werde Folgen haben. Den Genossen Lenin zu verspotten. Und so ein verkommenes Subjekt arbeite beim Auslandsrundfunkdienst der Sowjetunion. »Folgen haben«, stößt er immer wieder hervor. Das war wie ein Fluch, der sie bis heute verfolgt.

Aenne schließt die Augen. Sie hat Kopfschmerzen und sollte besser Wasser trinken. Seitdem sie denken kann, wusste sie, wo ihr Platz ist. Sie ist stolz darauf, ein Rädchen in der großen Maschinerie der Partei zu sein. Eine Kämpferin für ihre Klasse, so würde sie sich selbst beschreiben. Damals wie heute. Unverbrüchlich verbunden mit der Partei. Wie und weshalb sie in alle Winde zerstreut wurden, daran erinnert sie sich nicht mehr. Nur daran, dass Willy und sie die beiden einzigen Proletarier in der Gruppe gewesen sind. Vielleicht hat sie ihm deshalb vertraut und unvorsichtigerweise von ihrem Hass auf Ulbricht erzählt. Das muss nach Spanien gewesen sein. »Auf der Iberischen Halbinsel wird die erste offene Schlacht gegen den internationalen Faschismus ausgefochten. Kampfbereit!«, so Willy. Und als sie ihn das nächste Mal traf, hatte er recht behalten: Die Schlacht war verloren, der Faschismus auf dem Vormarsch.

Es war Herbst, und sie gingen in dem Park hinter der Rue de l'Amiral Mouchez spazieren. Er war auf der Flucht und sie auf der Weiterreise nach Moskau. »Du hast dich nicht verändert«, begrüßte sie ihn mit ungläubigem Unterton. »Mit Mitte zwanzig altert man nicht«, bemerkte er darauf ernst. Über die Geschichte mit dem Gassenhauer lachte er lauthals, aber er war schon zu lange im Geschäft, um nicht zu wissen, wie gefährlich Ulbricht war. »Mach deine Arbeit, sei eine brave Genossin und liefere ihm keinen Anlass, auf dich aufmerksam zu werden. Wenn dir bis jetzt nichts passiert ist, kann das nur bedeuten, er hat selbst etwas zu verbergen. Wer weiß, was er an dem Abend in diesem Wohnhaus gemacht hat? Ulbricht ist nahe an Stalin dran.

Das bedeutet Todesnähe. Bucharin, Tuchatschewski, Sinowjew, er hat sie alle umbringen lassen.«

»Damit musst du mir nicht kommen. Ich bin felsenfest von der Rechtmäßigkeit dieser Prozesse überzeugt. Sollten sie mich abholen kommen, gehe ich ohne Gegenwehr mit. Du bist eben kein Kommunist. Die Partei weiß mehr über mich als ich selbst.«

Mit diesen Worten brach sie das Gespräch ab. Er hat sie nicht am Gehen gehindert. Es hieß, er sei ein Spion der Gestapo. Sie hätte ihn nie treffen dürfen. Willy und sie gehörten verschiedenen Lagern an. Verräter müssen beseitigt werden. Ich muss achtsamer sein, dachte sie beim Weggehen in Endlosschleife. Die Blätter raschelten so schön unter ihren Füßen.

Aenne geht ins Wohnzimmer und überlegt, ob sie die Couch ausziehen und das Bett machen soll. Oder soll sie bei Käte vorbeischauen? Mit ihr darüber beraten? Doch Käte, wie sie eine der Witwen des Kommunismus, denkt nur an das Einwecken ihrer Kirschen und an ihren Posten in der Deutsch-Sowjetischen Freundschaft. Besser, sie behält das Geheimnis für sich und bleibt zu Hause. Käte kann sie im Sommer einweihen. Wenn alles vorbei ist und sie zusammen vor ihrer Datsche sitzen und Sternschnuppen zählen.

Ihr Vater hatte recht behalten. Die Partei sorgt für sie. Ohne die hätte sie es nie so weit gebracht. Aenne hat in Paris, Moskau und Barcelona gelebt. Klar im Untergrund und auf Abruf, aber welche kleine Näherin aus dem Wedding kann das schon von sich behaupten? Der Vormarsch des Kommunismus ist unaufhaltsam. Auch wenn er langsam vonstattengeht. Nach den Mühen der Gebirge liegen jetzt die Mühen der Ebenen vor ihnen. »Als ich wiederkehrte / War mein Haar noch nicht grau«.

Brecht meint sich, aber auch sie. Die Rückkehr hat ihr der Spitzbart vermasselt. Da ist sie sich sicher. Erst 1951 durfte sie ausreisen.

Da waren die Plätze schon verteilt. Hätte ihr als der Stimme Russlands nicht eine herausragende Stellung in der Deutschen Demokratischen Republik zugestanden? Wer hatte denn die Soldaten zum Widerstand aufgerufen? Und wer hatte ihre Briefe vorgelesen? Eine Berühmtheit ist sie gewesen, und jetzt, wo alles vorbei ist, gibt es in ganz Ostberlin in den Theatern, beim Fernsehen und Rundfunk angeblich keine Verwendung für sie. Da hat bestimmt wieder Ulbricht die Finger im Spiel gehabt. Schließlich ist sie im Generalshotel gelandet. Darf für vergnügliche, linientreue Abendunterhaltung sorgen. In Schönefeld. Weiter draußen geht nicht. Solange sie denken kann, sehnt Aenne sich nach einem Leben, das Größeres verspricht. Wäre sie doch nur eine berühmte Kommunistin wie die Kollontai oder eine umschwärmte DEFA-Schauspielerin wie die Böhme oder die Hagen, die Autogramme verteilen und Liebhaber sammeln. Fehlanzeige; untergekommen ist sie jotwede. Dumm gelaufen. Vielleicht ist die Nachricht wichtig. So wichtig, dass sich dadurch ihr Leben ändern könnte. Jetzt nur nicht zu spinnen anfangen: Willy ist ein Verräter, aber wer weiß. Ist doch nichts dabei, wenn sie sich zumindest mal anhören würde, was sein ominöser Vertrauter – im Trench! – ihr zu sagen hat. Aufstehen und gehen kann sie immer.

Aenne macht den Gasherd an. Mit spitzen Fingern hält sie den Kassiber in die Flamme. Befreit von der Schrift, wirbelt das Aschepapier durch die Luft in das Waschbecken. Gebannt schaut sie zu, wie die Asche langsam kreisförmig im Abfluss verschwindet. Das Küchenfenster lässt sie über Nacht einen Spalt weit offen. Am nächsten Morgen hat sich der Rauchgeruch verzogen. Am S-Bahnhof Friedrichstraße wirft sie den weißen Plastikumschlag achtlos in einen Abfallkübel.

Operncafé

Kaffee komplett?

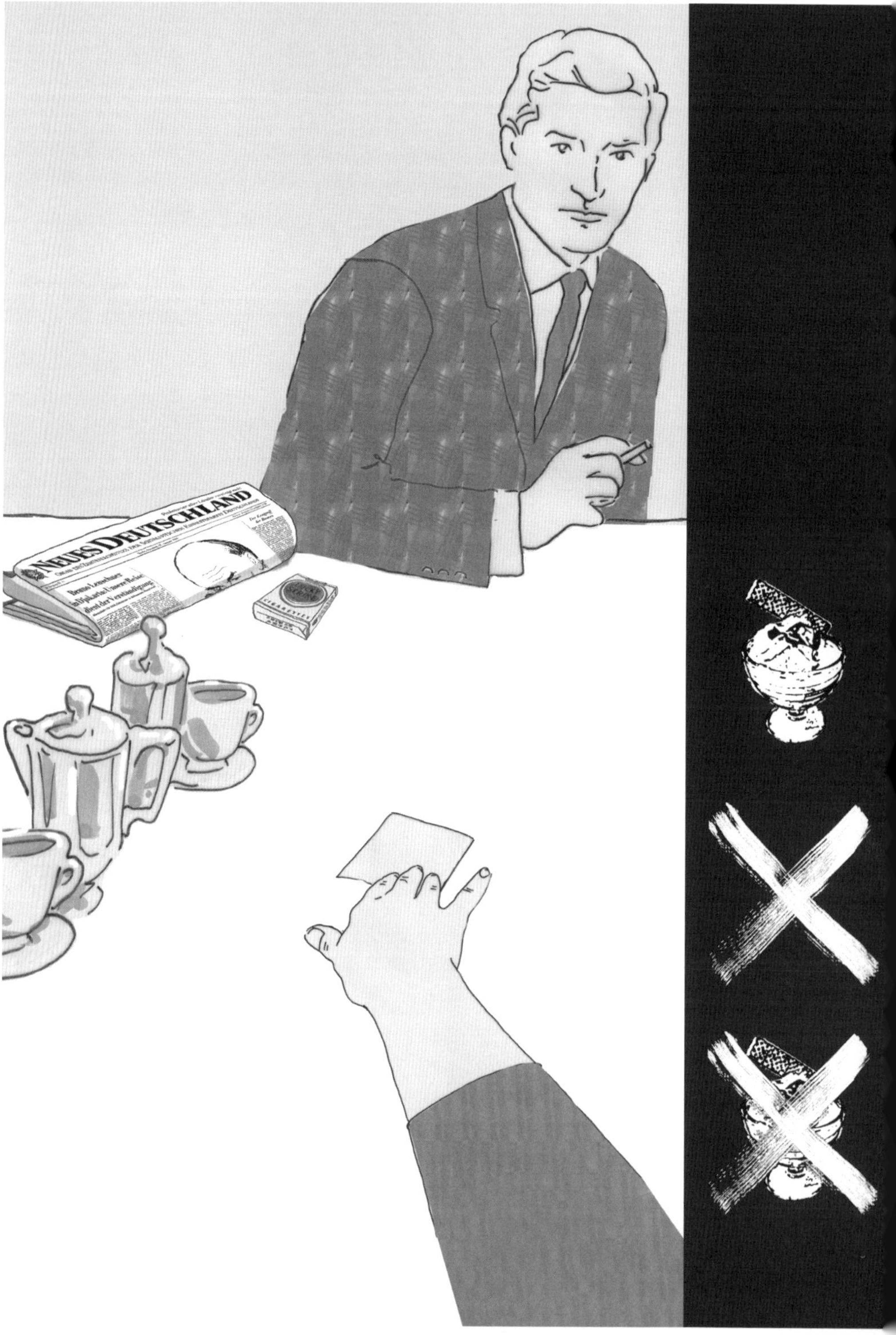
NEUES DEUTSCHLAND
Bruno Leuschner in Djakarta: Unsere Reise dient der Verständigung
CIGARETTES

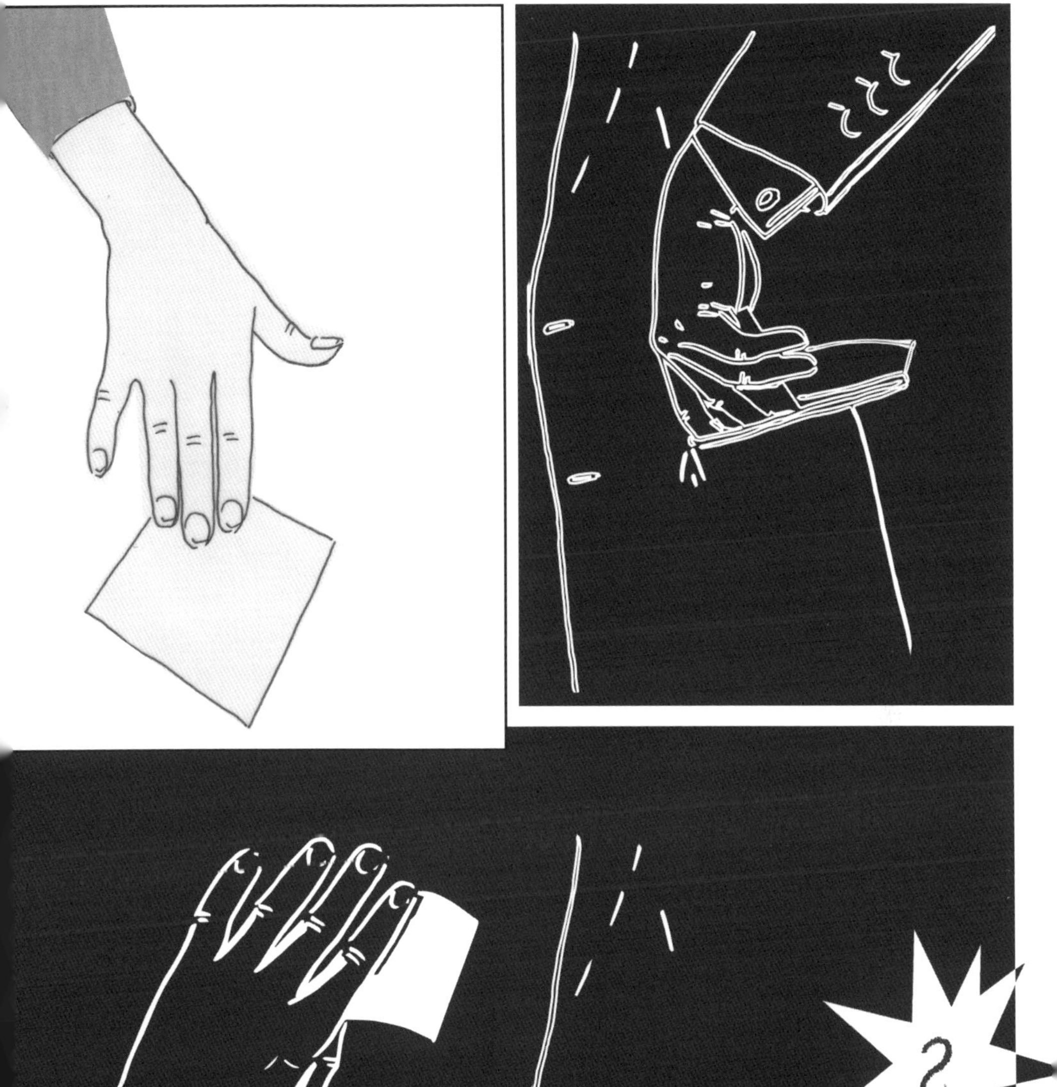

JANUAR 1964

OSTBERLIN, OPERNCAFÉ IM PRINZESSINNENPALAIS, MITTE

Die Glut der Zigarette verbirgt er in seiner hohlen linken Hand. Den Blick fast auf den Boden gerichtet, Mantelkragen hochgestellt, Hut in die Stirn gezogen, beobachtet er die Welt um sich: den kleinen Mann, der in seinem unförmigen Wintermantel vor dem Kiosk steht und offensichtlich nicht weiß, ob er noch länger warten soll, den Flug der Tauben im gelblichen Licht der Bogenlaternen, die in der Dämmerung verschwimmenden Umrisse der Neuen Wache, die junge Frau mit dem Kinderwagen, die schnellen Schritts über den Platz eilt. Konvois schwarzer Limousinen streifen durch das dunkle Ostberlin. Das Prinzessinnenpalais ist hell erleuchtet. Er muss an seinen Freund Arthur denken. Frühestens nach dem dritten Whiskey begann er über die Angst zu sprechen, die einen Agenten in einem fremden Land befallen kann. Eine kaum zu beschreibende und bodenlose Angst sei das, hat er ihn gewarnt. Tom Osborne spürt keine Angst. Kontaktaufnahme ist eine seiner einfachsten Übungen. Das Gelände hat er zigfach erkundet. Er ist ohne Verbindungsmann im Osten. Nach 30 Minuten Fußweg wäre er wieder am Checkpoint Charlie. Dann nach drüben, dorthin, wo die Sonne scheint und der Kapitalismus das Leben leicht macht. Mit dem Porsche eine Runde drehen. Show me the way to the next whiskey bar. Oh don't ask why. Scherz. Er mag den Osten, findet die Kombination aus preußischen Prachtbauten und sozialistischen Parolen poppig. Gar nicht so übel drüben, witzelt er, wenn er guter Laune ist. Und das ist er fast immer.

Osborne ist ein ausnehmend schöner Mann, der sofort ins Auge sticht, aber den man kurz darauf bereits wieder vergessen hat. Darin besteht im Wesentlichen sein Talent. Dazu kommen sein tadelloses Benehmen, seine angenehme Stimme und sein präzises Erinnerungsvermögen. Ohne große Mühe merkt er sich Schuhgrößen, Zahlenkombinationen, Telex-Mitteilungen, Adressen, Gesichter, Ausweichtreffs, Aliaslebensläufe, Briefe, Vorlieben und Abneigungen. Nahkampf, verschlüsseln, schießen, Codes knacken, morsen, verdeckt ermitteln – das hat er alles drauf. Tom ist keiner dieser kalten Krieger, die in der Verschwörung leben. Und auch keiner der ehrenwerten Gentlemen, zornige Söhne der Upperclass, die so sehr für den Verrat empfänglich sind. Dazu ist er zu leichtlebig und zu harmlos. Osborne ist weder rätselhaft noch geheimnisvoll, sondern schlichtweg eitel. Im Grunde seines Herzens weiß er, dass er sich nur deshalb zum Nachrichtendienst gemeldet hat, weil er keine Gelegenheit für einen gelungenen Auftritt auslassen will. Das liegt dem Jungen im Blut, hat seine deutsche Mutter immer gesagt. Und welcher Auftritt ist bedeutender als der eines Spions im geteilten Berlin? Alle wollen an die Front, und die Front ist gleichbedeutend mit Berlin.
Hätte er sich denken können. Sie ist schon da. Die Frau im dunkelblauen Pullover, die als Einzige allein einen Tisch besetzt hält, kann nur sie sein. Warum sitzt sie hinter einem der Pfeiler? Will sie sich verstecken? Seltsame Angewohnheit, vor dem verabredeten Termin zu kommen. Und das bestimmt nur, um sicherzugehen, dass sie die Erste ist. So verhalten sich nur die Zweitrangigen, denkt er abschätzig.
Das Lokal ist moderner, als er erwartet hat. Hohe Decken, viel Licht, zierliche Stühle, ein langes Buffet, luftige Vorhänge, historische Stiche und prächtige Topfpflanzen. In schwarz-weiße Livreen gewandete Kellner mit Landsergesichtern sausen zwischen den eng zusam-

menstehenden Tischen hin und her. Er hoffte auf Séparées. Doch diese Art Intimität ist hier nicht vorgesehen.
»Kaffee komplett?«
Tom setzt sich ihr gegenüber. Er zieht seinen Trench aus, fischt aus der Innentasche seines Jacketts eine Packung Lucky Strike und sein Feuerzeug. Beides legt er zusammen mit der aktuellen Ausgabe des Neuen Deutschland vor sich auf den Tisch, schlägt die Beine übereinander, ordnet seine grüne Strickkrawatte und lächelt ihr mit geschlossenen Lippen zu.
»Kaffee schwarz«, antwortet sie mit dunklem Berliner Unterton.
»Darf ich Sie zu einem Stück Kuchen oder zu einem Schwedeneisbecher einladen?«
»Sie glauben wohl auch, wir in der DDR löffeln alle nur Schwedeneisbecher? Nein danke, Kaffee schwarz genügt mir vollauf.«
Sein Gegenüber ähnelt einem Kobold. Die Haare trägt sie kurz geschnitten. Dadurch werden ihre hochfliegenden Augenbrauen betont, was sie leicht arrogant aussehen lässt. Ihr Hals hat tiefe Furchen, doch ihre Hände sind die eines Mädchens. Schmucklos, zart und glatt. Aenne zeigt Bein. Ihren fast nagelneuen Rock aus dem Exquisit in der Leipziger Straße zieht sie sonst nur an, wenn Berühmtheiten im Generalshotel auftreten. Doch wann kommt eine wie sie schon ins Operncafé? Ohne Devisen ist hier kein Tisch zu kriegen. Keine Frage, sie will dem feinen Herrn aus dem Westen vorführen, dass der Osten was zu bieten hat. Er ist ihr und sie ist sein Publikum.
Sie gefällt ihm. Nicht als Frau, dafür ist sie zu alt, sondern als historische Ausdrucksgestalt. Das denkt er natürlich nicht, aber das meint er. Aenne entspricht seinen Vorstellungen von einer Kommunistin. Wie sie ihn spöttisch aus ihren hellgrauen Augen mustert, kann er sich lebhaft vorstellen, dass sie Intrigen überstanden und Genossen ans Messer geliefert hat. Ist das jetzt nicht etwas übertrieben? Nicht

jede Kommunistin ist automatisch eine Mörderin. Tom Osborne lächelt in sich hinein und genießt seine Überlegenheit. Er weiß mehr über sie als sie über ihn. Sie stammt aus dem Wedding, ist lange in Moskau gewesen, Deckname Jenny Mulack, unverheiratet und kinderlos, geflohen aus Nazideutschland, untergetaucht in Paris, konspirative Parteiarbeit, Lastwagenfahrerin und Milizionärin im Spanischen Bürgerkrieg, das ganze Programm.
»Haben Sie eine Zigarette für mich? Zum Kaffee, Sie verstehen?«
»Bitte, bedienen Sie sich.«
Er hält ihr die Schachtel hin, sie nimmt sich eine Zigarette, klopft deren Ende mehrmals auf den Tisch. Eine hübsche, fast schon männliche Geste. Osborne klappt sein Zippo auf. Leichter Benzingeruch macht sich breit. Langsam neigt sich Aenne zur Flamme, inhaliert tief, hebt den Kopf und schaut ihm ins Gesicht.
»Ein Sturmfeuerzeug. Haben Sie das noch aus dem Krieg?«
»Das gehörte meinem Vater. Er war Funker bei der Marine. Um wach zu bleiben, hat er pausenlos geraucht.«
Ihre Lippen verziehen sich zu einem abschätzigen Lächeln.
»Während meiner Zeit in Paris habe ich auch viel geraucht. Kennen Sie Gitanes Maïs? Ein extrem starkes Kraut. Beruhigt die Nerven. In Moskau habe ich dann das Rauchen sein lassen. Da wusste ich, dass ich in Sicherheit bin.«
Ein bisschen Provokation muss schon sein. Er hat sich ihr nicht vorgestellt, aber sie riecht förmlich, dass er einer dieser verwöhnten Bürgersöhnchen ist. Alles an seinem makellosen Auftreten deutet darauf hin, dass er mit dem sorglosen Leben wohlvertraut ist. Wahrscheinlich macht er Hausmusik. Sie tippt auf Klavier oder Cello. Und dann diese scharfen Bügelfalten! Ob der selbst bügelt? So gepflegte Hände hat nur einer, der sich die Finger nicht schmutzig machen muss.

»Meine Auftraggeber haben mich geschickt, weil sie anscheinend daran interessiert sind, Aufnahmen der Beatles zu covern. All My Loving, Love me do and so on. Wenn dem so sein sollte, müsste ich wissen, wie Sie sich das vorstellen, in welchem Rahmen die Lieder gespielt werden sollen.«
Aenne lässt sich ihre Verwunderung nicht anmerken. Sieh mal einer an, denkt sie. Der Willy, dieser alte Fuchs, hat das Spiel mit der Verstellung nicht verlernt. Und dann schickt er mir auch noch einen Briten als Kurier. So, wie der Englisch spricht, kann der nur von der Insel sein.
»Nun, ich bin für die Unterhaltung im Generalshotel zuständig. Ich kenne das Geschäft, habe früher selber mal auf der Bühne gestanden. Bei uns übernachten wichtige Staatsgäste, die sich am Abend amüsieren wollen. Auf einem gepflegten Niveau, versteht sich. Ich muss dafür sorgen, dass wir die Nase vorn haben und das Programm topaktuell ist. Und topaktuell sind zurzeit diese vier Proletarierjungen aus Liverpool, die mit ihrer Musik gegen den Kapitalismus protestieren. Das passt perfekt in unser Land und zu unserem Programm.«
Jetzt ist es an Tom, sich nichts anmerken zu lassen. Das muss er Brian erzählen, der lacht sich scheckig über die vier Proletarierjungen.
»Ach, das ist ja interessant. Sind Sie Schauspielerin, Sängerin oder gar beides?«
Er lehnt sich zurück. Man sieht ihm förmlich an, wie er sich darauf freut, Aenne zappeln zu sehen. Doch er hat sie unterschätzt.
»Nun, beides natürlich. Sie trauen mir das nicht zu? Ich war gut befreundet mit Pis.«
»Pis?«
»Erwin Piscator, der große Regisseur der Volksbühne. Ich habe mehrere Revuen mit ihm gemacht.«

Das ist dreist gelogen, aber von diesem Fatzke will sie sich nicht vorführen lassen.
»Im kommunistischen Theater ist das Ganze wichtiger als das Individuum. Stars wie im Kapitalismus gibt es bei uns nicht, aber das werden Sie nicht verstehen. Die Arbeiterklasse hat nichts zu verlieren als ihre Ketten.«
Aenne trinkt einen Schluck Kaffee und schenkt ihm ein maliziöses Lächeln.
Patsch! Das sitzt.
Wie hatte er nur glauben können, es würde ihm gelingen, sie in Bedrängnis zu bringen. Aenne hatte ihn aus dem Konzept gebracht. Seine Überlegenheit war in Gefahr. Sie spielte ihr Leben lang schon die aufrechte Kommunistin. Und dieser Rolle blieb sie einfach treu. Er als Agent wusste doch am besten, wie verführerisch die Treue zum gefakten Ich war.
Aenne lässt sich ihren Triumph nicht anmerken. Er weicht ihrem Blick aus und schaut sich nach dem Kellner um.
»Darf ich Ihnen noch einen Kaffee bestellen?«
»Nein, danke.«
»Zurück zu unserem Geschäft.«
Trotz seiner ruhigen Haltung entgeht ihr nicht der verärgerte Unterton in seiner Stimme.
»Wir fühlen uns vom Interesse der Deutschen Demokratischen Republik an unserer Musik geehrt und hoffen auf gute Zusammenarbeit. Verhandeln wir über die Tantiemen direkt mit Ihnen?«
»Mit den Finanzen habe ich nichts zu tun. Dafür ist das Ministerium zuständig. Ich notiere Ihnen am besten Adresse und Ansprechpartner.«
Sie holt Block und Stift aus ihrer Tasche, schreibt etwas auf und schiebt ihm den Zettel rüber.

»Können Sie es lesen? Meine Schrift ist leider liederlich.«
Tom schaut auf den Zettel.
? steht darauf.
Ohne eine Miene zu verziehen, steckt er den Zettel ein und zündet sich eine Zigarette an.
»Ach wirklich? Ich kann das gut lesen. Sehr schön, damit haben wir die wesentlichen Dinge geklärt. Haben Sie sich heute schon das Neue Deutschland gekauft? Lohnt sich. Bitte nehmen Sie sie mit.«
Langsam schiebt er ihr die zusammengefaltete Zeitung rüber.
»Seien Sie vorsichtig, dass die interessante Beilage nicht herausfällt.«
»Ich muss gehen. Der Weg nach Schönefeld ist weit. Sie bleiben noch?«
»Ich trinke in Ruhe aus.«
Osborne steht zusammen mit ihr auf.
»Sie werden mich aber jetzt nicht noch zur Garderobe begleiten wollen. Den Weg finde ich allein. Und danke für den Kaffee, die Zigarette und die Zeitung.«
Sorgfältig verstaut Aenne das Neue Deutschland in ihrer Tasche.
»War mir ein Vergnügen, gnädige Frau.«
Da hat Aenne schon auf dem Absatz kehrtgemacht. Als er nach draußen schaut, sieht er sie im Schneegestöber verschwinden.

Deutsche Botschaft
Paris

Geheim

Umtriebe deutscher
Emigranten.

G e h e i m !

IV. Als Kurier für Emigrantenorganisationen reist ein gewisser Herbert Frahm zwischen Frankreich und den nordischen Ländern. Er hat einen deutschen Reisepass Nr. 472

Gestalt gross, Gesicht oval, Farbe der Augen graubraun, Farbe des Haares dunkelbraun, besondere Kennzeichen keine.

An
das Auswärtige Amt,
B e r l i n.

Geheim!

PRIX FIXE
PRIX FIXE
Du hier ?

Willkommen im Land der Volksfront!

MAI 1936

PARIS, QUARTIER LATIN

Der Gare du Nord empfing ihn in der Hauptstadt der Revolution. Die Feuchtigkeit des Tages hatte einen schmierigen Nebel hinterlassen, der einen Dunstkreis um die Laternen bildete. Niemand würde ihn abholen. Am frühen Abend lockte ihn eine Brasserie mit Prixfixe. Ein Essen mit vier Gängen, dazu beliebig viel frisches Brot sowie einen halben Liter Wein für sechs Franc, weniger als eine Reichsmark. Es war drinnen ziemlich voll.

Er wollte nach der langen Zugfahrt sowieso nicht länger allein sein. Außerdem war er ziemlich erschöpft. Es ist gar nicht so einfach, sich unter die Fahrgäste zu mischen und so zu tun, als wäre man ein ganz normaler Student auf Studienreise oder ein netter Schwiegersohn auf dem Weg zu seinen Verwandten im Ausland. Er fühlte sich so einsam wie ein Flüchtling, der von niemandem erkannt werden will.

»Genosse! Du hier?«

Das war nicht Norwegisch, nicht Französisch, sondern Deutsch. Er hatte ein gutes Personengedächtnis, aber diesen Mann, der ihn mit einem prüfenden Ernst anblickte, kannte er nicht.

Wie immer in solchen Situationen schaltete er auf freundlich und interessiert. Freund oder Feind, Genosse oder Nicht-Genosse, SAPD oder KPD?

Er war vielleicht fünf Jahre älter, aber nicht mehr. Er hatte seine Jugend jedoch hinter sich. Schmale Wangen, einen dunklen Bartansatz und wache Augen. Willy im langen Trench, der andere mit kompakter Lederjacke.

»Willkommen im Land der Volksfront!«
Das war noch kein Beweis für Unbedenklichkeit. Das konnte ein Gestapo-Spitzel genauso sagen wie ein Komintern-Spitzel. In Paris war man vor niemandem sicher. Das Emigrantenmilieu war gefährlich und unberechenbar.
Er war, wie es im Parteijargon hieß, zu Beratungen in die Auslandszentrale der SAP beordert worden. Man wollte sondieren, wie nach dem Erfolg des Internationalen Schriftstellerkongresses, zu dem sich Malraux, Brecht, Aragon, Feuchtwanger, Anna Seghers, Kerr, Musil, Klaus und Heinrich Mann, Huxley und andere 1935 in Paris versammelt hatten, unter den Intellektuellen der Widerstand gegen den Faschismus zu organisieren wäre. Ließ sich eine Schriftstellervolksfront zur Verteidigung der Kultur gegen die Bedrohungen durch den Faschismus in Europa aufbauen?
»Einen Roten oder einen Weißen?«
Sie stießen mit Weiß an, und der andere übernahm das Gespräch.
»Julius haben sie nach Sachsenhausen verfrachtet.«
»Ich weiß.«
Er war also im Bilde, was die Nazis mit Julius Leber gemacht hatten.
»Was treibst du hier in Paris?«
»Ich bin einer wie du. Nach dem Erfolg der Nazis können wir nicht so weitermachen wie bisher.«
Willy gab sich einen Ruck. Einer von der Gestapo würde sich anders einschmeicheln, einer von der KPD würde sofort auf Stalin kommen. Sein Instinkt hatte ihn nicht verlassen. Der andere hatte ihn am 6. Februar 1933, das Datum stimmte, bei einer Kundgebung der Antifaschistischen Aktion in Lübeck erlebt, als er noch als Genosse Herbert Frahm zum einheitlichen Kampf aller Arbeiterorganisationen gegen den Faschismus aufgerufen hatte. Danach hatte es Paul, wie er sich nannte, von Lübeck nach Amsterdam verschlagen. Jetzt war er

als Redakteur der in Holland erscheinenden Internationalen Rätekorrespondenz nach Paris geschickt worden.

»Wir müssen nicht nur unseren eigenen Kopf aus der Schlinge ziehen, wir müssen den ganzen bolschewistischen Irrsinn aufhalten. Die internationale Sowjetunion ist ein russisches Hirngespinst, das auf einen Staatskapitalismus rausläuft, in dem der Terror den Markt ersetzt.«

»Jetzt schüttest du das Kind mit dem Bade aus. Willst du lieber einen richtigen als einen sowjetischen Kapitalismus?«

»Nein, ich will einen Kommunismus der Freiheit!«

»Ohne Klassen und ohne Klassenkampf?«

Beide merkten, dass ihre Unterhaltung ein bisschen zu laut und ein bisschen zu deutsch geworden war. Der Wirt mit dem feinen Bart und der Kellner mit der weißen Schürze schienen sich schon zu überlegen, wie man die beiden rausbugsieren konnte. Der eine deutete mit einer Bewegung seines Kinns in ihre Richtung, der andere rollte schulterzuckend mit den Augen über diese lästigen Deutschen dort. In ruhigem Ton und mit gemäßigter Stimme gab Paul seinem Gegenüber, der offenbar immer noch auf eine andere Sozialdemokratie hoffte, sein kommunistisches Glaubensbekenntnis zum Besten.

»An die Stelle der alten bürgerlichen Gesellschaft mit ihren Klassen und ihren Klassengegensätzen tritt eine Assoziation, worin die freie Entwicklung eines jeden die Bedingung für die freie Entwicklung aller ist.«

Willy musste ihm zustimmen.

»Aber wo ist die reale Bewegung«, zitierte er Marx aus dem Kopf, »die den gegenwärtigen Stand der Dinge verändert?«

Darauf wusste keiner der beiden eine Antwort. Eine Heldenrolle war im Augenblick jedenfalls nicht zu vergeben.

Willy bot Paul eine Zigarette an. Eine Parisienne.

»Eine Zigarette aus der Schweiz?«

»Von neutralem Boden.«

Es war draußen dunkel geworden. Sie rauchten, und jeder schaute für sich in den dunklen Himmel.

Willy war ins Land der Hoffnung aufgebrochen. Er kann sich ein kleines Hotel in der Rue Monsieur-le-Prince und zum Frühstück ein Croissant und einen Café au Lait leisten und fühlt sich als Bewohner des Quartier Latin. Jeden Morgen tritt er aus einem Treppenhaus, das mit grober Farbe in Marmoroptik gestrichen und mit abgelaufenen dunkelroten Läufern ausgelegt ist, und die ersten Sonnenstahlen wärmen ihn für den Tag. Ein Moment für den Abschied von den Waffen.

Das Exil, hatte man ihm in Oslo gesagt, gleicht Ferien ohne Sonne, in denen sich trostlos ein Tag an den anderen reiht und man darauf hofft, dass sie endlich zu Ende gehen. Am helllichten Tag trafen sich viele Exilanten vor den Kinos, in die man für kleines Geld in eine Matinee kam, oder sie lungerten vor Schaufenstern oder Kirchen rum und beobachteten Passanten. Viele sonnten sich, während das Proletariat in den Fabriken schuftete, im Parc Monceau oder im Bois de Boulogne. Exilanten haben ein merkwürdiges Zeitbewusstsein. Sie haben keine Zeit, denn der Spuk muss ja bald ein Ende haben, oder sie haben unendlich viel Zeit, weil es ihnen aufs Strengste verboten ist, zu arbeiten und Geld zu verdienen. Willy Brandt hatte für seinen Auftrag weder zu wenig noch zu viel Zeit.

Französisch hatte er sich selbst beigebracht. Georges Simenons erster Maigret-Roman *La Nuit du carrefour* war dafür eine perfekte Grundlage. Er lernte die richtigen Wörter für die Psychologie der Menschen wie für die Dinge des Alltags. Außerdem war zu erfahren, wie die Polizei in Frankreich funktionierte. »Ihre Papiere!« Wie es weiterging, hing von der Laune des Beamten ab. Entweder: »Sie können weiter-

gehen.« Oder, wenn man nur den kleinsten Ausdruck von Missmut zeigte, hieß es: »Einsteigen!« Dann wurde es für jeden, nicht nur für Ausländer, eng.
Er wird sich später an die ungeheure Aufbruchsstimmung jener Tage erinnern. In der Volksfront fühlten sich die Arbeiter mächtig, für das Bürgertum war es nicht anrüchig, zur Linken zu gehören, und die kleinen Leute waren stolz auf die revolutionäre Energie der Republik. Hier schien der Kampf gegen Hitler nicht aussichtslos.
Mit Julie und Julian erkundete er am Wochenende die Vororte und die Umgebung von Paris. Man ging den Canal Saint-Martin stadtauswärts entlang und war nach den ersten Schleusen schon bald wie auf dem Lande. Statt Autos und Straßenbahnen bestimmten hier Schiffe und Kähne den Gang der Dinge.
Sie hatten sich auf einem Gewerkschaftskongress kennengelernt, bei dem er den norwegischen Gastdelegierten als Dolmetscher zur Seite stand. Willy Brandt war vorsichtig und scheu, aber die beiden waren so herrlich ungestüm und ungezwungen, dass er ihnen nicht widerstehen konnte. Ihr Lachen und ihr Albern waren einfach entwaffnend. Am Samstagmorgen holten sie ihn mit großem Hallo ab, und abends trafen sie sich mit Freunden in einem russischen oder chinesischen oder nordafrikanischen Lokal zum Essen.
Julie war eindeutig der politischere Kopf. Sie schaute ihm unverwandt in die Augen, wenn sie ihn nach einer Erklärung für die erstaunliche Kehrtwendung von Dimitroff und der Politik der Komintern fragte oder nach seiner Einschätzung der Imperialismus-Theorie von Rosa Luxemburg.
»Weißt du, Willy, du musst verstehen, dass Theorie auch eine Praxis ist!«
»Wie meinst du das?«
»Weil sonst, wenn wir in einem Kampf unterliegen, alles vorbei ist.«

Dabei leuchteten ihre Augen so sehr, dass Willy sich für einen Moment wie ein Kleingläubiger vorkam.
Dagegen war Julien ein treuer Kamerad, Gewerkschaftler durch und durch, dem bessere Sozialbedingungen wichtiger waren als eine richtige Theorie. Willy mochte seinen Händedruck, das Kraftvolle seiner Erscheinung und das Verschmitzte seines Lächelns.
»Julien, hat die Volksfront wirklich eine Zukunft?«
»Wir haben die Patrons zu Konzessionen gezwungen: das Recht auf kollektive Tarifverträge, die Wahl von Betriebsräten, die 40-Stunden-Woche und zum ersten Mal einen bezahlten zweiwöchigen Urlaub mit verbilligten Eisenbahnfahrten. Das ist nicht nichts!«
»Aber reicht das, um den Kampf zu gewinnen?«
»Du bist ein richtiger Deutscher, Willy. Ihr denkt entweder zu lang oder zu kurz.«
Was Julie und Julien miteinander zu tun hatten, ob sie ein Paar waren oder ob es einfach die Partei war, die sie verband, blieb ihm ein Rätsel. Man traf sich immer in Gruppen, lag unter Bäumen und sang abwechselnd deutsche und französische Lieder, und wenn das Geld nicht mehr reichte, waren Baguette und Käse mit Rotwein eine gute Mahlzeit. Aber eines war klar: Liebe gibt's nicht ohne Nachsicht.
Vielleicht war es das Französische, von dem er keine Ahnung hatte, vielleicht der Ausdruck einer ganz anderen Art von Jugendbewegung, die nicht so männlich, nicht so echt und nicht so ernst wie die deutsche war? Jedenfalls, was das Verhältnis von Politik und Liebe, von Klassenkampf und Geschlechterkampf betrifft, hatte er noch einiges zu entschlüsseln.
Über Walter Ulbricht war Willy Brandt gut informiert. In den Kreisen des Exils wussten offenbar alle irgendwoher, was kein anderer als der von allen verehrte Heinrich Mann in einem Brief an Lion Feucht-

wanger über ihn geschrieben hatte: »Er ist ein vertracktes Polizeigehirn, sieht über seine persönlichen Intrigen nicht hinaus, und das demokratische Verantwortungsgefühl, das jetzt erlernt werden muss, ist ihm fremd.« Dem Spitzbart ging man besser aus dem Weg. Mit dem war weder eine politische noch eine menschliche Gemeinschaft möglich.

Willy Brandt hatte seinen norwegischen Genossen ein ums andere Mal erklären müssen, wie die KPD funktionierte und wie Moskau die Zügel in der Hand hatte. Er selbst war seines Wissens schon Gegenstand diverser Berichte über kleinbürgerlichen Radikalismus und trotzkistisches Abweichlertum, und das Verhalten der Parteiführung hatte jeder und jedem, die es wissen wollten, vor Augen geführt, was mit solchen Feinden der revolutionären Avantgarde passieren würde. Ulbricht würde plötzlich behaupten, dass der Tisch, an dem wir alle sitzen, kein Tisch sei, sondern ein Ententeich. Und wer dem nicht zustimmen wolle, würde von ihm für das Scheitern der Volksfront verantwortlich gemacht und als Feind des Volkes gebrandmarkt. Und seine Clique würde dann das Nötige erledigen.

Der Spitzbart lief in Paris mit seinem ganzen Anhang als operativer Kopf des Zentralkomitees der KPD im Exil herum. Zur Auslandsleitung der KP gehörte auch der Onkel, der, ehrgeizig, erfolgreich und jung, vom Spitzbart mit Argwohn beobachtet und ausspioniert wurde. Der Posten des Spitzbarts war der eines hauptamtlichen Revolutionärs, der sich nie allein im Gebiet des Feindes durchschlagen musste. Seine Aufgabe bestand vor allem darin, die Dispositionen aus der Moskauer Zentrale der Weltpartei in der Gefolgschaft der Genossen durchzusetzen und da vor allem rigoros gegen jede parteifeindliche Tätigkeit in den eigenen Reihen vorzugehen. Wer nicht spurte, wurde mit einem fingierten Auftrag der Partei oder mit einem absichtlich schlecht gefälschten Pass zurück nach Deutschland und damit in die Arme der Gestapo geschickt. Willst du nicht mein Bruder sein, dann schlag ich dir den Schädel ein.

Der Spitzbart und der Onkel standen beide auf der Payroll Moskaus. Sie erhielten monatliche Zahlungen zuzüglich Reise- und Kleidergelder. Mit den Niederungen des Exils mussten die sich nicht rumschlagen. Dagegen war Willy Brandt ein kleiner Fisch, dem jedoch die Herzen zuflogen. Das Scheue und Verschlossene seines Charakters übte auf viele, die ihm damals begegneten, einen eigenen Reiz aus. Man sprach in den kleinen Kreisen des Exils bald von dem mutigen und fantastischen jungen Mann aus Deutschland, der mit seiner gewinnenden Art eine gelöste Stimmung verbreitete. Willy Brandt blühte auf in Paris, weil er sich über das Weltfremde und Rechthaberische der Diskussionen unter den Exilanten einfach hinwegsetzte. Als würde er einen Polarstern sehen, den die meisten seiner Genossinnen und Genossen nicht zu erkennen vermochten.

Bei einem der Bücherstände am Quai Voltaire fiel ihm beim frühabendlichen Gang um die Häuser eine deutsche Originalausgabe der Buddenbrooks in die Hände. So wie er in dem Buch aus seiner Heimatstadt blätterte, bestand für den Bouquinisten offenbar kein Zweifel, dass er ein Deutscher war. Es hatte keinen Sinn, sich als Norweger auszugeben.

»Suchen Sie was von früher oder von heute aus der deutschen Literatur?«, hörte er in geübtem Deutsch.

Willy Brandt war auf die Frage nicht gefasst, wollte sich ihrem Hintersinn allerdings auch nicht verschließen.

»Welches Buch von heute aus Deutschland würden Sie mir denn empfehlen?«

Ohne Zögern holte er unter seinem Ladentisch ein gut erhaltenes Exemplar des *Abenteuerlichen Herzen* von Ernst Jünger hervor und drückte es ihm in die Hand.

»Das spielt weitgehend in Berlin. In Ihrer Reichshauptstadt.«
»Aha, ich kenne das Buch nicht.«
»Dann sollten Sie es lesen. Es versammelt eine erlesene Schar von Denkkünstlern, die zu allem und nichts entschlossen sind.«
Die kultivierte Ausdrucksweise stachelte Willy Brandt an.
»Ist es deshalb von heute?«
»Ich glaube schon. Solche Leute gibt es nicht nur in Deutschland.«
»Aber in Deutschland besonders?«
»Das würde ich so nicht sagen. Ihr Deutschen habt nur einen besonderen Sinn für eine derartige Weltanschauung.«
Bei dem Wort »Weltanschauung« fällt Willy auf, dass es mehr schlecht als recht ins Französische zu übersetzen wäre.
»Das würde mich interessieren, aber ich fürchte, ich kann es mir im Augenblick nicht leisten.«
»Das macht nichts. Ich schenke es Ihnen. Vielleicht kommen Sie wieder nach Paris zurück. Dann können Sie gern Ihre Rechnung begleichen.«
Er will sich drücken und das Angebot nicht annehmen, denn er ahnt, welche Verpflichtung er damit eingehen würde. Dieser Gedanke lässt ihn doch umschwenken.
»Monsieur, ich bedanke mich und werde meine Schulden bei Ihnen nicht vergessen.«
In wechselseitiger Höflichkeit verabschieden sie sich. Willy Brandt wird das Buch bei seiner Abreise im Hotel zurücklassen.

NORGE
10
ØRE POST
BUREAU
15 XI
Berlin W 15
15. XI. 36
Hjertelig hilsen
Nolle

Den Vormittag verbringt der Student aus Oslo in der Preußischen Staatsbibliothek.

Lieben Sie Brahms?

OKTOBER 1936

BERLIN, PENSION PAULA HAMEL, KURFÜRSTENDAMM ECKE JOACHIMSTHALER STRASSE, CHARLOTTENBURG

Wie an allen Wochentagen ging er auch an diesem späten Vormittag im August 1936 zum Postamt, um sein Schließfach zu leeren. Im Frühjahr war Willy Brandt mit seiner Lebensgefährtin Gertrud Meyer nach Jahren in beengten Verhältnissen in eine Vier-Zimmer-Altbauwohnung in der Nähe des Ostbahnhofs von Oslo gezogen. Auf dem kleinen Tischchen neben dem Sofa lagen neben Büchern von Rosa Luxemburg und Rudolf Hilferding Sex-Pol-Broschüren von Wilhelm Reich und Otto Fenichel. Das Postfach diente der Tarnung und wurde unter dem Namen von norwegischen Freunden immer wieder gewechselt. Er fand einen Luftpostbrief aus Paris. Der konnte nur aus der Auslandszentrale seiner Partei kommen. Er wurde aufgefordert, in die »Metro« zu steigen. »Metro« war der Codename für Berlin. Dort waren wieder Genossen verhaftet worden. Die Verbindungen zwischen den einzelnen Zellen waren bedroht. Nach drei Jahren im halbwegs sicheren Exil wurde er in die Reichshauptstadt beordert, um die Genossen aufzurichten und auch um sich selbst ein Bild der Zustände und der Stimmung im Zentrum von Nazideutschland zu machen und darüber Bericht zu erstatten.

Das war ein gefährlicher Auftrag, es gab bestimmt eine Akte über ihn bei der Gestapo, er kannte sich in Berlin nicht aus, er durfte nicht auffallen, und trotzdem hatte er keine Wahl.

Der norwegische Pass, den ihm die norwegischen Freunde besorgt

hatten, war auf den Studenten Gunnar Gaasland ausgestellt. Er verbrachte Wochen damit, sich den Lebenslauf, die Eigenarten dieser Person und die Umstände ihrer Existenz anzueignen. Auch unter Folter durfte er seine wahre Identität nicht preisgeben. Außerdem musste er sich beibringen, mit einem norwegischen Akzent Deutsch zu sprechen. Der wirkliche Gunnar Gaasland hatte pro forma Gertrud geheiratet, die auf diese nicht unübliche Weise an die norwegische Staatsangehörigkeit gekommen war, was den komischen Nebeneffekt hatte, dass die beiden jetzt, den Papieren nach, Eheleute geworden waren. Gunnar und Gertrud Gaasland.
In Paris war ihm schon zu Ohren gekommen, dass man in der Zentrale erwäge, ihn nach Berlin zu entsenden. Gertrud hatte, das spürte er, große Sorge. Die Nazis saßen fest im Sattel, in der Sowjetunion wurden Kommunisten von Kommunisten verfolgt und in den Tod getrieben, und in Paris zerstritten sich die Genossen über Nichtigkeiten. Die Nachrichten aus Deutschland waren zudem niederschmetternd. Bei der Eröffnung der Olympischen Spiele hatten die Mannschaften aus den Nationen der Welt den Hitlergruß gezeigt. Dazu hatte unter den Augen des Führers ein schwarzer Amerikaner namens Jesse Owens vier Goldmedaillen in der Leichtathletik gewonnen. Die Spiele waren von allen Seiten begeistert angenommen worden. Die Welt wollte den Friedensschwüren Hitlers Glauben schenken. Nazideutschland war international anerkannt. Jetzt konnte man für nichts mehr garantieren. Es gab Informationen, dass Hitlers Eroberungspläne in der Reichskanzlei auf dem Tisch lagen. Faschisten brauchen eben den Krieg, um die Massen hinter sich zu bringen. Er fragte sich ernsthaft, ob er unter diesen Umständen sein Leben riskieren sollte, und bestieg dann doch den Schlafwagenzug, der ihn nach Berlin brachte. In seinem Antwortbrief nach Paris hatte er geschrieben, er habe die Metro leider verpasst – mit einem Häkchen hinter dem letz-

ten Wort. Das hieß das Gegenteil: Er nehme den Auftrag an und warte auf Instruktionen.
Die Einweisung in die konspirative Kontaktnahme würde durch einen Genossen erfolgen, der ihn am Fahrkartenschalter des Anhalter Bahnhofs mit einem 8-Uhr-Abendblatt in der Hand mit der Frage nach dem Weg zur Trabrennbahn in Hoppegarten ansprechen würde. Es war ein kalter Nachmittag, und er überlegte, ob er nicht die norwegischen Wollhandschuhe anziehen sollte. Doch da wurde er schon angesprochen. Der Genosse war definitiv kein Arbeiter, eher ein technischer Zeichner mit feinen Händen. Mit leiser, aber wohlartikulierter Stimme vertraute er ihm an, wann und wo er – mit welcher Zeitung, Erkennungsfrage und Rückversicherungsantwort – seinen Kontaktmann treffen würde. Mit diesen Anweisungen machte er sich auf in die große Stadt.
»Lieben Sie Brahms?«, fragte ihn ein hochgeschossener Herr mittleren Alters mit gütigen braunen Augen am Käsestand in der Lebensmittelabteilung vom Kaufhaus Wertheim, der eine sorgfältig gefaltete Ausgabe des 12-Uhr-Blatts in der Hand hielt.
»Eigentlich Schubert«, lautete seine Antwort.
Aus seiner Mundart war herauszuhören, dass er nicht aus Berlin kam. Aber das ging ihn nichts an, er hatte sich lediglich an seinen Decknamen zu halten. Die Regeln der Illegalität waren streng.
Das also war der Organisationsleiter der Berliner Gruppe, mit dem er sich auf den Weg durch das imposante Kaufhaus und raus auf den belebten Leipziger Platz machte. Die Blätter der Bäume über den Straßenbahngleisen waren schon etwas verblasst und staubig, hier und da in ein herbstliches Gelb getaucht. Eine Bahn glitt vorbei, cremefarben, als wäre alles in bester Ordnung. Es störten nur die Hakenkreuzfahnen. Die klirrten auf Schritt und Tritt im Wind. Das war kaum auszuhalten.

»Wir sind keine Gruppe mehr. Gar nicht wegen der Verfolgung durch die Gestapo. Da hat jeder seine eigenen Methoden entwickelt. Es fehlt der Glaube, dass wir noch was ausrichten können.«

»Ich bin hier, um eure Vorstellungen vom illegalen Kampf weiterzugeben.«

»Wir hoffen auf euch. Womöglich seht ihr die Dinge von außen besser als wir hier drinnen.«

»Der Faschismus ist unter den gegenwärtigen Verhältnissen die einzige Sicherungsmöglichkeit gegen den Untergang der Bourgeoisie als herrschende Klasse überhaupt.«

Willy Brandt hätte sich auf die Zunge beißen können. Er sprach wie ein Kader zu einem Genossen, der wieder auf Kurs gebracht werden musste. Aber was hätte er ihm sagen sollen? Dass die SAP sich als Willenszentrum der Einheitsbewegung begreifen soll? Dass es dem Faschismus nicht gelungen sei, in die entscheidenden Schichten des Proletariats einzudringen? Dass nur die Revolution der Ausweg sei?

Mit einem kaum hörbaren »Hm« nahm sein Gegenüber die Brille ab, hauchte auf beide Gläser und begann sie mit einem gebügelten Taschentuch sauber zu reiben. Ohne Brille sahen seine Augen gerötet und matt aus.

Jetzt setzte er die Brille wieder auf.

»In den meisten großen Betrieben wird wieder in drei Schichten gearbeitet. Die Arbeitsfront sorgt für eine warme Mahlzeit am Mittag für alle Arbeiter und Arbeiterinnen. In den Büros wird oft bis sieben und noch später gearbeitet. Es wird um Spenden für das Hilfswerk Mutter und Kind geworben. Und jedes Wohnhaus hat einen Luftschutzwart.«

Willy musste jetzt einfach nur zuhören.

»Und in den Dielen wird wieder auf dem Vulkan getanzt. Weniger

Amerikaner, Engländer und Franzosen, dafür aber Rumänen, Ungarn und Griechen. Und dazu die Neureichen der neuen Zeit, die Geld wie Heu haben.«

»Du meinst, es gibt ein Wirtschaftswunder im Nazi-Land?«

»Genau so. Und da gucken die meisten weg, wenn Juden verschwinden und Sozis drangsaliert werden.«

»Was schlägst du vor?«

»Nichts. Wir können uns nur noch selbst beschützen.«

Er genoss die Fahrt mit der S-Bahn. Man hätte glauben können, dass das Rumpeln der Schienenstöße auf die Fahrgäste eine beruhigende, fast träumerische Wirkung ausübte. Durch Häuserblocks hindurch, auf Viadukten über Straßenfronten hinweg, an eingefassten Parks vorbei, und immer wieder Einblicke in Wohnungen. Dazwischen öffneten sich riesige Himmelsflächen, wie beim Tiergarten zwischen Bellevue und Lehrter Bahnhof.

Den Vormittag verbringt der Student aus Oslo in der Preußischen Staatsbibliothek, um die Weltanschauungsliteratur des Nationalsozialismus zu studieren. Er hat einen der begehrten Arbeitsplätze oben zwischen den Galerien ergattert und schaut auf die in konzentrischen Kreisen angeordneten Tische, die in der Mitte eine leere runde und mit dickem Glas belegte Fläche lassen, wie die Tanzfläche in einem Vergnügungslokal, durch die Licht in die unteren Räume fällt. Die versammelte Leserschaft kommt ihm wie ein Panoptikum der Berliner Gesellschaft vor. Ein Mann in Lodenrock und grünem Hut wirkt wie ein Einsiedler vom Stadtrand, der sich eine Ration Bücher für die kommenden Wochen besorgt. Eine korpulente Dame, die bessere Zeiten gekannt hat, faltet gemächlich knisternde Butterbrotpapiere zusammen, und ihr gegenüber blättern, schlank und kerzengerade, zwei Damen, die ihre Hüte aufbehalten haben, zusammen in einem Band mit Abbildungen. Neben einem professoralen Schwergewicht, dem der Bibliotheksdiener einen ganzen Stapel von gebundenen Zeitschriften aus dem Magazin herangeschafft hat, nimmt ein gestählter Student Platz, der eine halbe Stunde zackig arbeitet und dann das Feld wieder räumt.

Die Mensa der Friedich-Wilhelms-Universität besteht aus zwei Speisesälen, links und rechts vom Eingang. Rechts nehmen die keiner Korporation angehörenden Freistudenten und die nicht zum Militär gehörenden Zivilstudenten ihre Mahlzeit ein. Viele, die allein sind, lesen beim Essen, einzelne Gruppen sitzen nach gemeinsamer Mahlzeit noch plaudernd und parlierend beisammen. Mädchen mit mehreren Kavalieren am Tisch und Abgespannte und Alleingelassene, die sich nicht entschließen können, aufzustehen und abzutreten.

Im gegenüberliegenden Saal sind lange rechteckige Tische wie Bierbänke aneinandergeschoben. An der Rückwand hängt eine große Hakenkreuzfahne herab. Dort essen die Angehörigen des Nationalsozialistischen Deutschen Studentenbundes. Fast alle in Uniform – Stiefelhose, Braunhemd, Ziviljacke oder im Zivilanzug mit Braunhemd beziehungsweise die jungen Frauen mit Wasserwelle und Berchtesgadener Trachtenstrickjacke.

Wenig Gespräch, Messergeklirr, einige Lachsalven und hier und da Fausthiebe auf die Tischplatte. Esse ein jeder, was er kann – ran!

Willy Brandt ist in der Pension Paula Hamel am Kurfürstendamm Ecke Joachimsthaler Straße untergekommen. Die liebenswürdige Wirtin ist nicht gut auf die Nazis zu sprechen, aber er stellt sich lieber naiv. Die schweren Vorhänge, die in Braun und Bronze gemusterten Tapeten und das gedämpfte Licht der Stehleuchten wirken wie ein Schalldämpfer gegen die Außenwelt. Er operiert mit den Decknamen Martin oder Marianne und hat die chemische Tinte, mit der er zwischen den Zeilen in die Zentrale nach Paris berichtet, in seinem Rasierzeug versteckt.

Berlin ist ihm ein Rätsel. Die eingeschworenen politischen Freunde haben sich verkapselt, und ein Machthaber wie Goebbels verführt im Ton einer neuen Sachlichkeit die Massen. Willy Brandt entschließt sich zum Flanieren im Großstadtgetriebe. Er registriert nervöses Rauchen, gedämpftes Murmeln, breites Grinsen und insgesamt das ungute Gefühl, dass alles noch ein schlimmes Ende nehmen könnte. Dazwischen die jungen Hakenkreuzler, die die Gleichgültigkeit hassen und das Absolute wollen. Vielleicht werden immer und überall die Gutwilligen von den Mächtigen unterdrückt, und womöglich entfesselt Hitler nur das Böse, das von Anfang an in der Welt ist.
Er kann auf dem Pflaster seinen eigenen Gang Schritt für Schritt verfolgen. Im Torgang sind die Briefkästen mit den Namen der Mieter aufgehängt, handgeschrieben, oft ausgewechselt, überklebt, und rechts und links steigen die Treppen zu den Seitenflügeln auf. Anschläge kündigen das nächste öffentliche Eintopfessen an, fordern zum Wertstoffsammeln auf und laden zu einem Vortrag über die Verschwörung des Weltjudentums ein. Im Hof stehen die Mülleimer aus Blech vor dem Holzverschlag, in dem sich früher vermutlich die Trockenklosetts befunden haben.
Karl, wie er sich nennt, ist ein verdienter Genosse, der sich als Vertrauensmann bei Osram hervorgetan hat. Er zeigt auf den großen Block schräg gegenüber mit den eingelassenen Balkonen und den geschwungenen Stuckverzierungen auf der Fassade.
»Das ist das Maikäferhaus. Da wohnen viele Polizisten, die morgens oft zu viert mit ihren grünen Uniformen aus dem Haus gehen. Bei einer solchen Bewachung kann einem hier nichts passieren.«
»Haltet ihr die Treffen denn in der Wohnung ab?«
»Wenn die Genossen einzeln kommen, ist das kein Problem. Wir haben hier sogar schon welche versteckt, nach denen gefahndet wurde.«
»Ihr solltet kein unnötiges Risiko eingehen.«

»Keine Sorge, mein Lieber.«
»Mit den Nazis, das ist keine Sache von Wochen und Monaten. Wir müssen uns auf Jahre einstellen.«
»Wir versuchen hier, die gleich denkenden Genossen einigermaßen zusammenzuhalten. Wir wissen, was eine illegale Kampffront ist.«
»Was ist, wenn für den Krieg mobilisiert wird?«
»Da gibt's bei uns keine klare Linie. Es gibt welche, die von Sabotageakten aus dem Untergrund träumen. Manche denken ans Überlaufen im Ernstfall. Wir müssen überlegen, ob man Frauen und Mädchen einschaltet oder den Kontakt sucht zu Arbeitskollegen, die nicht für die Einberufung infrage kommen.«
»Und was denkst du?«
»Wir werden noch weiter aufgerieben und verlieren uns in Einzelaktionen.«
»Verlierst du den Mut, Karl?«
»Ich bin hier, du kommst von außen. Willy, du bist jetzt der Federführende, der unsere Partei zusammenhalten muss.«
Als er sich nach vier Stunden Lektüre von Alfred Rosenbergs *Die internationale Hochfinanz als Herrin der Arbeiterbewegung in allen Ländern* auf einer Bank in der Eingangshalle eine Verschnaufpause gönnt, fällt sein Blick auf einen streng gescheitelten Studenten mit spitzem Hemdkragen, hoch gepolstertem Jackett und breiter Krawatte, der in eine neue Ausgabe von *Schönere Zukunft*, einer Wochenschrift für Kultur und Politik aus Österreich, vertieft ist. Er ist versucht, ihn anzusprechen, doch ehe er sich's versieht, ist dieser ihm zuvorgekommen.
»Mein Name ist Erik Blühdorn, und ich studiere Geschichte und Philosophie an der Friedrich-Wilhelms-Universität.«
»Ich bin Gunnar Gaasland, und ich bin zu Besuch in der deutschen Hauptstadt.«

Beide können ihre Neugier füreinander nicht verbergen.
»Wenn mich der Eindruck nicht täuscht, fragen Sie sich, was es mit dieser Zeitschrift für die Zukunft auf sich hat.«
»Ja, das stimmt, ich frage mich, ob hier in Deutschland ein Aufbruch der Jugend passiert, von dem wir in Norwegen was lernen können.«
»Ja, Sie täuschen sich nicht. Wir wollen den verkalkten und weitgehend degenerierten Bewegungen einer zu Ende gehenden Zeit den Geist von Befreiung und Verwirklichung für eine neue Zeit entgegensetzen.«
Beide sind so überrascht von ihrem steilen Pingpong, dass sie sich für einen langen Moment wortlos anschauen, als ob sich etwas Merkwürdiges zugetragen hätte.
Gunnar will die Dinge zum Schluss auf den Punkt bringen:
»Muss man nicht durch irgendwas hoffnungslos geworden sein, wenn man derart auf die Zukunft setzt?«
Aber da ist sein Gegenüber schon wieder verschwunden. Das Wochenblatt hat er auf der Bank zurückgelassen.
Der Genosse Karl, der bei Osram die Glühbirnen fertigt, hält das alles für studentisches Gerede. Als Willy ihm von seiner seltsamen Begegnung berichtet, winkt er ab. Das seien die Burschen, die in SA-Uniform auch mal zuschlagen wollen.
Willy Brandt ärgert sich über sich selbst. Er hätte dem Genossen die Sache mit der Jugend anders beibringen sollen.
»Ich habe den Eindruck, wir haben nicht verstanden, warum die Jungen, die früher zu uns gekommen sind, jetzt bei den Nazis gelandet sind. Wir stehen nicht mehr an der Spitze der Bewegung.«
»Aber die Jungen werden doch von den Faschisten betrogen, und dann im Krieg werden sie verheizt.«
»Nur uns laufen die Jungen davon. Die proletarischen genauso wie

die bürgerlichen. Weil wir kein Ziel bieten, für das es sich zu kämpfen lohnt. Weil wir das Nationale vergessen haben.«
»Willy, am Ende ist der Generationenkampf ein Klassenkampf.«
»Das ist doch keine Frage. Ich sage nur, dass wir in die HJ, in die Sportorganisationen und auch in die Studentenschaften reinmüssen. Unsere Zellen müssen zuerst und zuletzt Zellen der Jugend sein.«
»Du hast ja recht. Aber wir dürfen Karl Liebknecht und Rosa Luxemburg, aber auch Ebert und Noske nicht vergessen.«
Willy seufzt.
Als er die Chausseestraße runter zum Bahnhof Friedrichstraße geht, kommt er ins Grübeln. Die Genossen hatten ihm erzählt, dass die Oranienburger Vorstadt früher ein rotes Viertel gewesen sei. Mit kommunistischem Straßenschutz, der die Staffeln der SA in Schach halten konnte. Hier haben die Leute an die Arbeitersolidarität zur Überwindung der Parteigegensätze zwischen SPD und KPD geglaubt. Dann sei die Hasspropaganda gekommen, sodass die Nachbarn, die eben noch zusammengestanden hatten, im gleichen Hausflur beschämt aneinander vorbeigingen. Die Nazis haben sich als Arbeiterpartei getarnt und so getan, als ob sich bei ihnen das Nationale und das Sozialistische vereinige. Dadurch zogen sie, hat ihm Karl mit auf den Weg gegeben, die Kleinmütigen, die Betrogenen und die Unwissenden und Hoffenden an. Anfangs vorsichtig, dann unverhohlen, sagt Karl, schlossen sich ihnen auch die Leute seiner Straße an. Männer wie Frauen. Und hoben statt der geballten Faust die gestreckte Hand.
Willy Brandt gruselt's im Reich der niederen Dämonen. Der feiste Baldur von Schirach als Führer der Jugend, der alerte Reinhard Heydrich als Kalkulant der Überwachung und des Terrors, der pompöse Hermann Göring als Herrscher der Lüfte. Aber was hat die Avantgarde des Proletariats zu bieten? Mit Teddy Thälmann oder mit Wilhelm Pieck war wirklich kein Staat zu machen.

Beim schnellen Blick auf einen blonden Hauswart, der offenbar Luftschutzgebühren kassiert, fällt ihm, er weiß nicht, warum, die Wendung aus einem Gedicht von Stefan George ein: »Nur aus dem Fernsten her kommt die Erneuerung«.

Als er in der zuständigen Filiale der Reichsbank das aus Norwegen überwiesene Geld für die Woche abholen will, meint der freundliche Schalterbeamte, das passe ja gut, dass gerade ein anderer Student aus Norwegen da sei, der könne ihm helfen, sich zurechtzufinden.

»Hei, wo bist du her?«

»Aus Oslo.«

»Hei, ich bin auch aus Oslo.«

»Was machst du hier?«

»Oh, ich interessiere mich für die Schinkel-Bauten in Berlin.«

»Toll.«

»Und du?«

»Ich finde großartig, was hier abgeht.«

»Was meinst du?«

»Na, die Bewegung der Nationalsozialisten, der Schulterschluss mit den Faschisten aus Italien und der ganze Aufstand der Jugend, der durch Europa geht. Und natürlich das Nachtleben mit den Tanzdielen und den Amüsierclubs.«

»Ich bin eigentlich nur wegen der Architektur hier.«

»Aber das ist doch auch Politik.«

»Meinst du?«

»Na ja, hast du schon mal was von Albert Speer gehört?«

»Nö.«

»Der will ein neues Berlin bauen.«

»Ohne Schinkel?«

»Das kann ich dir nicht sagen. Ich weiß, dass er was Großes vorhat und an tausend Jahre denkt.«

»Vielleicht sollte ich mich dafür interessieren.«
»Ich glaube schon. Schau dir doch mal die Baustelle vom Flughafen Tempelhof an. Das wird der größte Flughafen der Welt.«
»Aha.«
»Schön, dich kennengelernt zu haben.«
»Ja, finde ich auch.«
Tief durchatmen. Vielleicht hat er gedacht, ich sei ein komischer Vogel, der dazu noch aus einer abseits gelegenen Gegend in Norwegen stammt. Jedenfalls scheint er nichts gemerkt zu haben.
Ein Wort des Verdachts von dem norwegischen Jungen und er wäre geliefert gewesen.
Für die Zeit in Berlin hat er sich strikte Abstinenz verordnet: keine Affären und keinen Alkohol. Und doch kann er nicht widerstehen, einen Abend in der berühmt-berüchtigten Pläsierkaserne Moka Efti zu verbringen. Es gibt zwar keine Schreibzimmer mit Miet-Sekretärinnen mehr, auch kein Postamt und keinen Barbiersalon für den Herrn von Welt, dafür aber nach wie vor die Etagen mit Billardtischen, Tanzflächen sowie einem großen Restaurantsaal. Frauen wie Männer, Uniformierte und Zivilisten, Neureiche wie Kleinsparer geben sich ein schillerndes Stelldichein. Man sitzt eng beieinander, lässt die Puppen tanzen und schaut sich auf der Rolltreppe nach allen Seiten um.
Willy Brandt ist eindeutig als Neuling zu erkennen. Den jungen Mann treffen neugierige Blicke. Er fühlt sich unwohl und beschließt, nachdem er seinen Kaffee ausgetrunken hat, zu gehen. Da springt ihm ein gut angezogener Herr zwei Tische weiter rechts ins Auge. Das Gesicht kommt ihm bekannt vor. Kein Zweifel, das ist ein Genosse aus Lübecker Zeiten. Willy wird's heiß und kalt, als er sein Parteiabzeichen am feinen Sakko erkennt. War der nicht von der Gestapo gekascht worden? Es drängt ihn, den Genossen zu begrüßen, und

gleichzeitig steht ihm vor Augen, dass das ein tödlicher Fehler sein kann. Der andere lächelt kurz und dreht ihm dann entschieden den Rücken zu. Willy Brandt zahlt und steigt in die U-Bahn. In die entgegengesetzte Richtung.

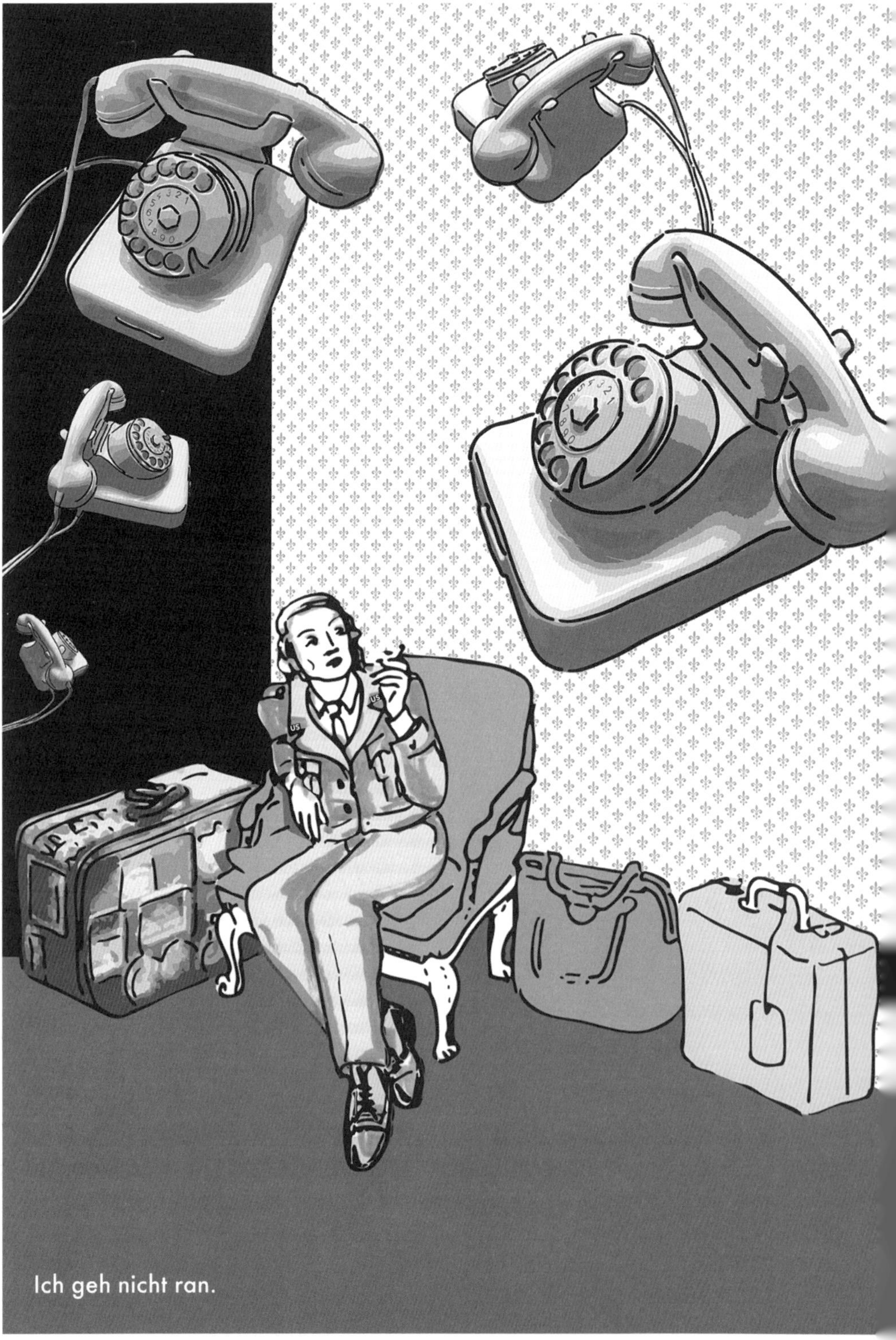
Ich geh nicht ran.

HERBST 1944

PARIS, 15 PLACE VENDÔME, HÔTEL RITZ

Als sie ihre Haare gebürstet, in Form gebracht – links hinter das Ohr gesteckt, rechts ins Gesicht fallend – und das Schiffchen platziert hat, betrachtet sie sich im Spiegel: voilà la femme soldat arrivée à Paris. Alles recht und schön. Paris ist befreit. Aber was ist mit ihr? Wie hatte sie gebettelt, der Arc möge noch stehen und nur noch ein Abend im Fouquet's möge ihr gegönnt sein. Und jetzt?

Der Arc steht, das Fouquet's ist geöffnet, aber sie ist pleite. Schlecht gelaunt blättert sie durch den vor ihr liegenden Stapel an Telegrammen. *Warum lassen die mich nicht in Ruhe. Kann Rudi nicht mal zu Hause bleiben? Sich Spiegeleier braten und dazu eine Flasche Bier trinken? Aber nein, es müssen Trüffel und Kaviar sein. Und dazu am besten eine Lokalrunde Château Lafite-Rothschild. Alles auf meine Kosten! Einen Fresser ohne Geist hat Boni ihn genannt. Recht hat er! Und überhaupt Boni. Mimt in New York den preußischen Offizier und ätzt gegen mich als dämliche Filmziege, die den Captain spielt. Aber fliegen ihm die Kugeln der Deutschen um die Ohren oder mir?* Während sie sich die Nägel feilt, liest sie das nächste Telegramm. *Und zu was bezahle ich einen Agenten, der nur nervt? Der Krieg ist keine gute Zeit für movie stars. Dein Patriotismus in Ehren, aber damit verdienst du kein Geld. Truppenbetreuung musst du dir leisten können, my dear. Seit Monaten geht das jetzt schon so. Soll der sich mal was einfallen lassen. Wenn ich nach dieser Tour zurückkomme, setze ich Charlie vor die Tür. Der soll mir noch eine Bestandsliste meiner Garderobe machen und dann au revoir, Herr Kommissar!*

»Après tout, à Paris, je suis presque comme chez moi«, murmelt sie vor sich hin und denkt daran, wie sie das letzte Mal vor dem Krieg in Frankreich gewesen ist. Mit ihrem Tross – Mann, Kind und Geliebtem – hatte sie den Sommer an der Côte d'Azur verbracht. Das gleißende Licht der Mittelmeersonne, die glitzernde See und der Geschützdonner von Kriegsschiffen, die in der Dämmerung ausliefen. Die drohende Kulisse des Krieges. Alle tranken zu viel und kamen nur mit Glückspillen über den Tag. Sie war melancholischer Stimmung gewesen und hatte sich gefragt, zu welcher Welt sie überhaupt gehörte. War sie eine schlechte Schauspielerin, ein erledigter Star oder schlicht und einfach eine Null? In Hollywood hatten sie sich an ihr sattgesehen. Sie galt als Kassengift. Jeder Film war eine falsche Hoffnung, die ihr nur Schmerzen bereitete. Doch wo sollte sie hin? Zurück nach Berlin?

Die Nazis hätten sie mit Kusshand genommen. Ihr den roten Teppich ausgerollt. Ihre Filme waren mit großem Erfolg in den deutschen Lichtspielhäusern gelaufen. Schlangen hatten sich vor den Kinokassen am Ku'damm gebildet, schrieb ihr ihre Mutter damals stolz. Es hätte nicht viel gefehlt und die Berliner hätten sich um die Karten geprügelt. Warum nicht? Die Nazideutschen tranken ja auch begeistert Coca-Cola. Goebbels war ein Fan von ihr und hatte mit Traumgagen, Weihnachtsbäumen und Steuererleichterungen um sie geworben. Ihre Mutter hätte es gefreut, wenn sie wieder in Deutschland gelebt hätte. Der Blaue Engel kehrt heim ins Reich. Die Schlagzeilen kann sie sich vorstellen. Aber nicht mit ihr. Mit Nazis will Marlene Dietrich nichts zu tun haben. Par décence. Out of decency. Aus Anstand. Mit den Fingern zählt sie nach. Mitte August 1939 war sie in Antibes in den Train Bleu gestiegen. Am 1. September griff Hitler Polen an. Demnach hatte sie nur vierzehn Tage vor Kriegsausbruch ihren Abschied von Europa genommen. Fünf lange Jahre sind seitdem ver-

gangen. Von all ihren Freunden ist sie die Erste, die es nach Paris geschafft hat. Die anderen jonglieren in New York auf Barhockern oder träumen in L.A. vom Vorkriegseuropa, aber sie sitzt kampferprobt in Uniform in ihrer Suite im Ritz. *Wenn Rudi sich den Luxus nicht mehr leisten kann, dreht der durch. Mir ist das egal. Monatelang habe ich in einem Zelt geschlafen. Zwei Abendkleider, drei Uniformen – das war's.*
Die Place Vendôme mit ihren leicht ramponierten Stadthäusern wirkt schäbig und abweisend. Wind pfeift über den Platz und wirbelt Staub auf. Paris, grau und schön wie immer. Dazu ein Hotel im Dornröschenschlaf. Als sei nichts geschehen. Elfenbeinfarbene Wände und Möbel, Kristalllüster über dem Prunkbett, Stuckdecken, mit Gold abgesetzte Kassettentüren, hibiskusrote Samtfauteuils. Dazwischen vorrevolutionäre Landschaftsgemälde und Aristokratenporträts. Die Vorhänge werfen pathetische Falten. Die dicken Teppiche schlucken jeden Laut. Vornehme Vorkriegsstille. Und hier soll es von Nazi-Günstlingen, Wehrmachtsoffizieren, Huren, Spionen und Kollaborateuren nur so gewimmelt haben?
In Hotelzimmern wie diesem muss sie immer an Remarque denken. Wenn er nüchtern ans Telefon ging, dann setzte er eine arrogante Miene auf und tat so, als ob der am anderen Ende ihm seine kostbare Zeit stehlen würde. War er betrunken, sprach er kaum drei Worte und legte genervt auf. *Boni, wo bist du? Komm nach Paris. Dein zerfetzter Puma braucht dich.*
Langsam steht sie auf und öffnet einen der Wandschränke. Dann noch einen und noch einen. Gähnende Leere. Nur in dem letzten Wandschrank hängen müde und matt einige wenige Paillettenkleider, Uniformhosen und ihre Eisenhower-Kampfjacke. Plötzlich fängt sie an zu lachen. *All die Schühchen und Täschchen und Kleidchen, die Schrankkoffer, die Pelze, die Juwelen, ja wo sind sie denn? Wenn Rudi Geld braucht, kann er was aus dem Lagerhaus holen und versteigern lassen.*

Das Telefon klingelt. *Ich geh nicht ran. Das kann nur Ärger bedeuten. Jemand, der mich an nicht bezahlte Rechnungen oder ungedeckte Schecks erinnert. Oder einer, der will, dass ich irgendeinen Schwachsinnsfilm drehe. Zola haben sie mir kürzlich vorgeschlagen. Warum nicht gleich Madame Bovary und im Anschluss daran Die drei Musketiere?* Sie starrt auf den klingelnden Telefonapparat. Eine Szene wie aus einem Film noir. Eine Frau, die in ihrem Hotelzimmer darauf wartet, bis das Telefon fünfmal hintereinander klingelt. Das abgemachte Zeichen dafür, dass der Mord geglückt ist. Ihr Mann tot, der Weg für ihren Geliebten frei. Solch eine Rolle wurde ihr nie angeboten. Plötzlich überfällt sie die Sehnsucht nach Rollen, die sie nie gespielt hat, und nach Filmen, die nie mit ihr gedreht wurden.
Das Klingeln bricht ab.
Ein Blick in den Spiegel. *Wechsle ich etwa die Gesichtsfarbe? Vorhin noch kriegsgrau und jetzt rot wie eine reife Tomate. Das ist der Blutdruck. Ich muss das ständige Champagnertrinken lassen. Ich bin schon ganz aufgedunsen. Ob das das Alter ist? Mit vierzig schon kein Champagner mehr? Hemingway mit seinem schlecht rasierten Doppelkinn sah noch nie anders aus, aber der ist auch Kriegsreporter. Der muss sie alle unter den Tisch trinken. Ich kann mir das nicht leisten. Zumal ich keine Schminke habe. Pas de maquillage à Paris. So kann das nicht weitergehen. Wenn Papa sich rasiert und ich dazu singe, ordert er Champagner. Und wenn er vorliest, wieder. Kein Wunder, dass ich Champagnerbäckchen habe.* Für Hemingway ist Dietrich »my great and bravest and wonderful Kraut«. Papa Hemingway und Kraut Dietrich sind nur Vorläufige in Paris. Zwei Tage noch, dann zieht er wieder in den Krieg. Sie wird ihm bald schon folgen.

Bayerischer Hof
Bayerischer-Hof

Bayerischer Hof
Bayerischer-Hof

NOVEMBER 1944

WESTWALL/SIEGFRIED LINE

»Zieh den Helm fester, du doofe Gans! Und dann in Deckung!« Die doofe Gans war Marlene Dietrich, der Hollywoodstar. Aber was heißt schon Star, wenn man in Kuhställen unter feindlichem Beschuss auftritt. In ihrer Begleitung junge Soldaten, denen der Krieg die Jugend aus dem Gesicht getilgt hatte. In waghalsigem Tempo pesen sie im Jeep durch den Wald. Regen, der in Schnee, und Schnee, der in Hagel übergeht, peitschen ihnen ins Gesicht. Der graue Himmel hängt tief. Das Echo der Granatexplosionen, gefolgt vom Geknatter der Maschinengewehrsalven, dröhnen aus der Ferne. Schlamm, Matsch und dann wieder Eis und Schnee machen das Vorankommen mühsam. Papa hatte sie gewarnt. In diesem Wald hausen die Drachen. Je näher man den Deutschen kommt, desto dunkler wird es. Die Deutschen verbergen sich hinter einem Vorhang aus Feuer und Eisen. Sie wissen, wo ihr Feind steht, denn sie beobachten dich, ohne dass du es bemerkst. Den Wald haben sie wie von Geisterhand in eine Todeszone verwandelt. Minenfelder, Scharfschützen, unsichtbare Wegsperren, Bunkeranlagen, Sprengfallen in den Bäumen. Wer sich hineinbegibt, der kommt darin um.

»Los, raus jetzt, hopp, hopp. Rennt geradeaus. Die Tür steht offen. Wir geben euch Begleitschutz. Nun macht schon, oder seid ihr taub?« Im Stall wartet ihr Publikum. Soldaten mit verbrauchten Gesichtern, weder erwartungsvoll noch begeistert, sondern von dumpfer Ergebenheit. Jeder von ihnen kann morgen schon tot sein. Keiner spricht, man hört nur den Atem der Männer, ab und an unterbrochen vom Klicken eines Feuerzeugs. Auf jeder Konzertbühne der Welt wird sich Marlene Dietrich später an diese Auftritte erinnern.

Im Dunkeln macht sie zwei umgedrehte Kisten aus. Jemand hat sie exakt nebeneinandergestellt. Das soll wohl ihre Bühne sein. Draußen setzt wieder der Kriegsdonner ein. Unsicher schaut sie sich um. Soll sie wirklich zu singen anfangen?

Es war noch nie anders. Ich bin die, die kleine, dumme Lieder singt. Nur sterben will ich deshalb nicht.

Direkt neben ihr fängt der Akkordeonspieler ganz sachte an zu spielen. Sie schließt die Augen und denkt an Jean, ihren soliden und gefährlichen, sinnlichen und treuen Geliebten. Jean Gabin, der bon mauvais garçon, der sich de Gaulle anschloss und sie Hollywood überließ. Am letzten Abend bevor er nach Afrika eingeschifft wurde, waren sie wie Tausende andere Paare auch ins Kino gegangen. Händchenhalten, Abschiednehmen, Küssen, Weinen. Um zwei Uhr morgens, als sein Schiff die Anker lichtete, stand sie winkend am Kai und kam sich wie ein armes, verlassenes Mädchen vor. Marle ne Dietrich folgt Jean Gabin in den Krieg. Der Franzose und die German born American citizen kämpfen an der antifaschistischen Front. Sie für die Vereinigten Staaten von Amerika und er für de Gaulles France Libre. In Casablanca trafen sie sich wieder. Sie sang nur für ihn, aber war für alle da. Wenn sie jetzt an ihn denkt, dann wird sie auch in diesem Stall singen können. Ganz leise setzt sie ein, denn sie weiß: Nichts rührt einsame Männer mehr als ein wie ein Wiegenlied gesungenes Liebeslied. »No love, no nothin' until my baby comes home«. *Alles gelogen, aber was soll's.* Zehn Minuten Ablenkung, das ist alles, was sie von ihr wollen. »Good bye, good luck, God bless you.«

Eine Zigarette als Trost, zurück zum Jeep und ab zum nächsten Auftritt.

Mit nackten Füßen steht sie auf dem eiskalten Boden eines zerbombten Hauses und denkt an die Wüste. Wie viele Wüstenfilme hat sie eigentlich gedreht? *Morocco* 1930. Da durfte sie nicht sprechen. Ihr Englisch war zu schlecht. Ein Idol hat keinen Akzent, hatte ihr Herr und Meister entschieden. Melodramatische Geständnisse, die rätselhafte Fremde, die eine andere Frau küsst, das Spiel von Licht und Schatten. Le désir in Bildern, so wie es Jo gefiel. Das Hantieren mit Federn und Blicken war ihr schon damals über. Und Zigaretten durfte sie sich nur anstecken, damit sie Männer verführerisch um Feuer bitten konnte. Wieder mal spielte sie eine Nachtclubsängerin. Mit ihrem Liebhaber, einem Fremdenlegionär, und einer Ziegenherde ist sie am Ende in der Wüste verschwunden, und Sergej Eisenstein kabelte, dass er nie was Schöneres gesehen habe. Komische Ideen haben diese Kommunisten, schrieb sie damals an Jo.
Sie friert. Beißende Kälte in den Augen, stechender Schmerz in den Fingerspitzen und den schalen Nachgeschmack der letzten Zigarette im Mund. *Wo habe ich gestern Nacht meine Socken hingepfeffert?* Unter der Uniform trägt Marlene Dietrich Strickunterwäsche. Trotzdem friert sie. Kein Wunder, denn eigentlich besteht das Haus, in dem sie untergekommen ist, nur aus einem Dach. Die meisten Wände und Türen sind bei einem Bombenangriff zerstört worden. Wo die Deutschen waren, hinterlassen sie eine Spur von Verwüstung und Tod. Tag und Nacht fallen die Erinnerungen über Marlene Dietrich her: das böse Lachen der Nazis, die trüb beleuchteten Eifeldörfer mit ihren schimmernden Schieferdächern, der unheimliche, schwarze Wald, Kirchen, die Trutzburgen gleichen, Menschenleere und Gottesferne. Die Ungeheuer treten plötzlich aus der Stille und dem Nebel.
Schlaflos sind alle Soldaten, nicht nur sie. Der Rhythmus von Tag und Nacht, von Wachen und Schlafen ist außer Takt geraten ebenso wie der Rhythmus von Leben und Tod. Die Soldaten und die Sängerin

liegen auf dem nackten Boden. Jeden Abend, bevor sie in ihre Schlafsäcke kriechen, schauen sie nach, ob sich darin nicht eine Ratte versteckt hat. Sintfluten und Eisregen gehen über Europa nieder. Ganz so, als ob sich das Ende des Krieges nicht apokalyptisch genug ankündigen könnte. Mit dem Regen, dem Dreck und der Kälte kommen die Ratten. Fallen die Schlaflosen gegen Morgen endlich in den Schlaf, machen sich die Ratten anscheinend ein besonderes Vergnügen daraus, sie wieder in die graue Wirklichkeit zurückzuholen. Mit ihren kalten Pfoten huschen sie ihnen über das Gesicht. Ihre durchsichtigen, behaarten Pfoten kitzeln auf der Haut. Spüren die Ratten das Erschrecken, das die aus dem Schlaf Hochschreckenden überkommt, so krallen sie sich auf der Stirn, am Mund oder den Backen fest.

»I heard you did performances within the sound of German gunfire«, hatte sie der General gelobt, um dann umstandslos auf den wahren Grund ihrer Audienz zu sprechen zu kommen. »General Eisenhower und ich wollen, dass Sie sich von Ihren Frontauftritten zurückziehen. Besuchen Sie die Verletzten, sprechen Sie ihnen Mut zu oder singen Sie meinetwegen im Operationssaal, aber bleiben Sie im Hinterland. Wir wollen nicht, dass Sie den Deutschen in die Hände fallen. Offen gesagt, können wir nicht für Ihre Sicherheit garantieren.«

Marlene Dietrich hat tagelang im Chiffonfummel Rollstühle mit verletzten Soldaten durch Parks geschoben, wie eine Jahrmarktschreierin Kriegsanleihen verkauft, Burger für die Soldaten gebraten, jeden Uniformträger geküsst, der des Weges kam, ist dann kreuz und quer durch Europa von einer Front zur nächsten gezogen, hat sich von übel schmeckenden K-Rationen ernährt, sich lachend neben die Flak gestellt und ist viermal am Tag unter Lebensgefahr aufgetreten. Und jetzt soll sie kurz vor dem Ziel zur Charity-Lady mutieren?

Das Ziel ist Berlin. Die ganze Welt wartet darauf, dass Berlin fällt. Als Deutsche, die zu den Siegern gehört, überquert sie die deut-

sche Grenze. *Ständig diese dämliche Fragerei, ob ich nach dem Krieg in Deutschland leben will. Haben die immer noch nicht begriffen, dass keiner sie mag?* Die Deutschen sind schlimmer als die Ratten. Die laufen wenigstens weg, aber die Deutschen laufen zusammen. Irgendeiner brüllt immer: »Der Blaue Engel ist da!« Wildfremde werfen sich ihr in die Arme, heulen Rotz und Wasser über ihr Unglück, versuchen sie zu betatschen und scheinen zu glauben, Marlene Dietrich habe Wunderkräfte. Ist der Blaue Engel für sie eine Märchengestalt, aus der Zeit, als es Hitler noch nicht gab? Glauben sie, wenn der Blaue Engel da ist, ist ihnen vergeben und alles wieder gut? Die beschämende Freundlichkeit der Deutschen, das Grinsen auf ihren feisten Gesichtern, das Feilschen um jeden noch so kleinen Vorteil und das Leugnen, einen Nazi gekannt zu haben oder gar einer gewesen zu sein, stoßen Marlene Dietrich ab. Zum Dank schießen die Deutschen nachts aus dem Hinterhalt auf ihre Befreier. Papa Hemingway würde sie aufmuntern.
»I miss you when we can't kill Krauts. Heil Dietrich!«, ist sein Klassiker. Sie tut ihm den Gefallen, jedes Mal darüber zu lachen. Doch Papa ist weit weg. Das Ende des Krieges muss sie allein durchstehen. Fluchend zieht sie ihre Socken unter dem Schlafsack hervor. Danach ein irritierter Blick auf ihre Stöckelschuhe. Die muss sie anziehen, sie kann doch nicht in Soldatenstiefeln auftreten. Größenvergleich. Ihre Füße sind wie Ballons angeschwollen. Erfrierungen. An den Händen auch. Wie soll sie ihre Klumpfüße in diese Schühchen zwängen? Zurechtschneiden wie Aschenputtels Schwestern? Rucke di guh, rucke di guh. Blut ist im Schuh.

ie muss ans Ziel ihrer Reise durch den Krieg. Sie muss ins besiegte Berlin.

Roquefort, Berlin sieht aus wie Roquefortkäse.

HERBST 1945

PARIS – BERLIN

»When the light switches to green, it starts.«
»Mami!«
»Lena!«
»Mami, wir müssen Englisch miteinander sprechen.«
»Ja, Lena. I'm so happy to hear you.«
»Mami, I've seen Liesl, she is alright. I'm coming as soon as possible to Berlin.«
»Ja, thank you.«
»Mami, forgive me.«
»Yes, my love.«
»Mami, take care.«
»Ja. Goodbye.«
»Goodbye, my beloved Mami.«
Sie will ihrer Mutter nicht sagen, wo sie ihre Schwester angetroffen hat. Nämlich im Konzentrationslager. Und zwar als eine, die zum Servicepersonal der SS gehörte. Als sie den britischen Offizier mit bangem Herzen nach ihr fragte und inständig hoffte, dass sie noch am Leben sei, ließ er sie aus der Küche holen. Liesl war gutmütig und pummelig wie immer. Mit umgebundener Schürze stand sie da und hielt noch die Kartoffel, die sie gerade geschält hatte, in der Hand. Ein erstauntes »Pussycat, du bist es!« war alles, was sie unter Schluchzen hervorbrachte. Liesls und Pussycats Wiedersehen im KZ, das darf sie nicht Billy Wilder erzählen. Dem sieht es ähnlich und der macht daraus eine schwarze Komödie. Marlene Dietrich hatte

gleich gewusst, dass dieser angebliche Varietédirektor, der ihre brave Schwester zur Frau nahm, nichts taugte. Und natürlich war ihr nicht verborgen geblieben, dass er sich ganz oben bei den Nazis anwanzte mit seiner Schwägerin. Ihnen versprach, sie nach Deutschland zu locken. Ernst hat sie diesen Heini nie genommen, aber jetzt kommt ihr der schreckliche Verdacht, dass er vielleicht nur ihretwegen von den Nazis als Betreiber des Lichtspielhauses am Adolf-Hitler-Platz in Bergen-Belsen eingesetzt wurde. Let's face it: Während sie gegen Hitler kämpfte, hat ihre Schwester SS-Schergen betüddelt. Doch das passt. Liesl ist schon immer feige und schüchtern gewesen. Diese elende Verwandtschaft. Marlene Dietrich hasst es, wieder mit der engen, kleingeistigen Welt, aus der sie stammt, konfrontiert zu sein. Doch fliehen ist zwecklos. Sie muss ans Ziel ihrer Reise durch den Krieg. Sie muss ins besiegte Berlin.

Im Handspiegel prüft sie den Sitz ihrer Strumpfnähte und ihr Lächeln. »Noch zehn Minuten bis zur Landung«, kommt die Durchsage. »Wollen Sie nicht einen Blick auf Ihre Heimatstadt werfen, Captain?« *Was geht es diesen kleinen Wichtigtuer an, wo ich hinschaue?* Sie beachtet den Steward einfach nicht, schließt die Augen, aber nur um sie kurz darauf wieder zu öffnen. *Roquefort, Berlin sieht aus wie Roquefortkäse. Haben die keine Dächer mehr? Das kann ja heiter werden.* Kaum sind die Propeller zum Stillstand gekommen, eilt Dietrich aufs Rollfeld, und da steht sie auch, ihre Mutter. »Eine Soldatentochter weint nicht«, lautete eine ihrer eisernen Regeln. Ohne eine Träne zu verdrücken, schließen sich Mutter und Tochter in die Arme. Josefine von Losch, der einstige General in Dietrichs Leben, ist ganz zart und klein geworden. Marlene würde ihrer Mutter am liebsten über ihre weichen, faltigen Wangen streicheln, aber sie hält sich zurück. Was hat Mami überhaupt an? Das Kostüm hat sie wahrscheinlich das letzte Mal am Sedantag 1916 zu Kaisers Ehren getragen. Denn kaisertreu ist sie schon immer gewesen und wahrscheinlich auch geblieben. Den Kaiser gibt es nicht mehr, Hitler gibt es nicht mehr, und Berlin gibt es auch fast nicht mehr. Dafür hat die deutsche Leutnantswitwe Josefine von Losch jetzt einen US-amerikanischen Captain als Tochter. Die Bomben, für die diese Tochter monatelang war bonds gesammelt hat, haben ganze Arbeit geleistet. Inmitten dieses Ruinenfelds aus Schuttbergen und Häuserskeletten verlieren selbst Berliner die Orientierung. Zum Glück muss Captain Dietrich nicht laufen, sondern kann sich im Jeep herumkutschieren lassen. Und wenn sie die Trümmerfrauen mit ihrem aggressiven Fleiß, die Einbeinigen, Einarmigen, Einäugigen, die Ausgebombten mit ihren Habseligkeiten, auf dem Rücken oder im Leiterwagen hinter sich herziehend, sieht, dann findet sie, dass es ihnen gar nicht so schlecht geht. Wer wollte denn den totalen Krieg? Die Polen, die Franzosen, die Norweger und all die anderen Nationen, die die deutsche Wehrmacht überfallen hat, jedenfalls nicht. Der Rest der Welt fragt sich, ob es sich bei den Deutschen nicht um eine andere Spezies Mensch handelt. Und dafür sind die Ruinen und der Hunger doch eine geradezu milde Strafe.

Nur einen Moment der Schwäche leistet sie sich, als sie überlegt, ihre alte Schule in der Nürnberger Straße aufzusuchen. Ob die wohl noch steht? Noch immer kann sie die schwere Tür fühlen, die sie, da sie zu klein war, um die Klinke zu fassen, mit dem Rücken aufschob. Dazu sang sie: »Es ist bestimmt in Gottes Rat, dass man vom Liebsten, was man hat, muss scheiden«.

Zweimal am Tag tritt sie in den amerikanischen Clubs auf und geht nachts tanzen. Da bleibt keine Zeit für Sentimentalitäten. Jean hat sie in Paris gelassen. Er hatte es nicht einmal geschafft, bei der Siegesparade auf den Champs-Élysées dabei zu sein. Vom Fenster seines Hotelzimmers aus beobachtete er den Vorbeimarsch seiner Kameraden und heulte dazu wie ein Schlosshund. Wenn sie die halb zerdrückten, fleckigen Zigaretten aus ihrer Uniformhose fummelt, dann denkt sie an ihn und wie er es liebt, wenn sie ihm die Tabakkrümel aus den Mundwinkeln pflückt und küsst.

Kaum in Paris angekommen, erreicht sie die Nachricht vom Tod ihrer Mutter. »Und was mach ich jetzt mit dem Leichnam? Ich kann doch Mami nicht ohne Sarg verscharren lassen, oder wie stellen die sich das vor?« Natürlich weiß Jean keine Antwort. Die Deutschen interessieren ihn sowieso nicht. *Merde. Wie konnte sie nur so schnell sterben? Vor einem Monat war sie doch noch ganz fidel.* An ihr kann es jedenfalls nicht gelegen haben. Sie hatte ihr sämtliche Essensrationen gespendet. Mit knurrendem Magen war sie aufgetreten, hatte mehr geraucht als gegessen. Zurück in Paris, hatte sie einen geschrumpeltem Hals. Sie sah aus wie ein altes Suppenhuhn. Das war's wohl mit der Filmerei. Wer besetzt schon mit einem Suppenhuhn?, dachte sie noch. Und jetzt das. Wahrscheinlich war Mami einfach des Lebens müde gewesen. Aber was tun? Sie kann nicht einfach so nach Berlin reisen. Geht nur mit Visum. German born American citizen Dietrich bittet einen amerikanischen Militärkameraden, ihr zu helfen. Natürlich kennt auch sie die Ermahnungen: »Fraternization means making friends. The German people are not our friends.« Aber gilt das auch für eine deutsche Leiche, fragt sie sich?

Die Bomben hatten auch die Toten getroffen. Der Friedhof hatte Ruinencharakter. Den mildgesichtigen Engeln fehlten die Flügel, Gräber klafften offen, geplünderte Särge lagen quer über den Wegen. Im Schutz des Dunkels der Nacht hatten die Drahtzieher der Aktion ein Grab ausgehoben und einen aus Schulbänken zusammengezimmerten Sarg aufgetrieben. Tagelanger Nebel hatte eine Landung unmöglich gemacht, und als Marlene Dietrich endlich aus Paris kam, um Abschied von ihrer Mutter zu nehmen, regnete es aus Kübeln. Die Friedhofskapelle war bombardiert worden. Die Trauernde stand in den Trümmern des Friedhofs, schutzlos dem Regen ausgeliefert. Marlene Dietrich, schlank in Schwarz, war ganz still. Sie weinte nicht und sprach kein Wort. Aber sie hatte Blumen in den Armen, und diese Blumen kamen einem Wunder gleich, denn niemand hatte im November 1945 Blumen in Berlin. Dann warf sie eine Schippe Erde und die Blumen auf den Sarg, machte auf dem Absatz kehrt und ging davon. Sie drehte sich nicht um. Das letzte Band, das sie an Deutschland gefesselt hatte, war gelöst.

Nach Marx-Engels-Platz, Alexanderplatz, Jannowitzbrücke, Warschauer Straße, Ostkreuz, Treptower Park, Plänterwald und Baumschulenweg fühlt sich Aenne nicht mehr in Berlin.

Unrasiert und fern der Heima

++ TRAVELLING OBJECTS ++

Ist sie in den Kulissen des Kreml gelandet?

From Russia with Love Part Two?

Das Hotel sieht wie eine lang gestreckte Kaserne aus und scheint direkt ans Rollfeld gebaut worden zu sein.

Da sind Sie ja, Seeräuber-Jenny!

NEUES DEUTSCHLAND
Bruno Leuschner in Djakarta: Unsere Reise dient der Verständigung

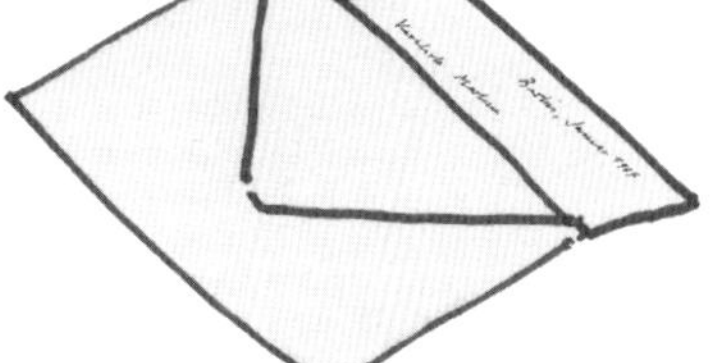

TRAVELLING

OBJECTS

Und ein Schiff mit acht Segeln und mit fünfzig Kanonen wird liegen am Kai.

JANUAR 1964

DDR, GENERALSHOTEL, ZENTRALFLUGHAFEN BERLIN-SCHÖNEFELD

Kurz nachdem die S-Bahn die Station Schöneweide passiert hat, wacht sie auf. Das geht ihr fast jeden Tag auf dem Weg zur Arbeit so. Nach Marx-Engels-Platz, Alexanderplatz, Jannowitzbrücke, Warschauer Straße, Ostkreuz, Treptower Park, Plänterwald und Baumschulenweg fühlt sich Aenne nicht mehr in Berlin. Es ist ihr noch nie in den Sinn gekommen, auszusteigen und spazieren zu gehen. An Spaziergänge mit ihren Eltern kann sie sich nicht erinnern. Wie auch? Die Mutter lag zumeist krank auf dem Sofa in der Küche, und ihr Vater hatte nur ein Bein. Pilze sammeln oder Blumen pflücken – so was kennt sie nicht. An den Wanderfahrten der Kommunistischen Jugend nahm sie nur widerwillig teil. Sie waren die junge Garde des Proletariats und nicht bürgerliche Wandervögel. Straßenkämpfe, Demonstrationen, Marschieren auf dem Asphalt, das war ihr Ding. Nicht wie die Jesuslatschen Sport, Spiel und Gesang in der freien Natur. Selbst heute, wenn sie draußen bei Käte ist, bleibt sie am liebsten auf der Bank sitzen und hängt ihren Gedanken nach. Bäume, Beeren, Vögel, Wolken sind ihr piepegal. Ihre Welt ist die Stadt. Paris hat sie trotzdem eingeschüchtert. Zu schön. Zu bourgeois. In den Monaten in Paris lernte sie die Regeln eines Lebens in der Illegalität kennen. Illegale Arbeit ist eine Kunst, die man nicht aus dem Lehrbuch, sondern nur in der Praxis lernen kann. Anfangs wechselte sie jede Nacht das Quartier. Unerkannt bleiben, eine spurlose Existenz führen, strikt den Anweisungen der Partei folgen. Irgendwann landete sie in einem gelb gestrichenen Zimmer weit draußen in der Nähe eines kleinen Parks. Die ganze Nacht hindurch hörte man das Rattern der Züge. Das erinnerte sie an Berlin. Doch für Heimweh fehlt Aenne das Talent. Nur selten gönnte sie sich ein Abendessen in einer der Brasserien der Vorstadt. Sie kann sich noch gut daran erinnern, wie sie dort eines Abends das Gespräch zweiter deutscher Emigranten am Nachbartisch belauschte. Die beiden sprachen so laut, dass sie sie nicht überhören konnte. Sie kamen wohl aus der Vergnügungsbranche, denn sie unterhielten sich über Film und Kabarett. Der Kleinere der beiden sagte: »Der Blaue Engel ist in der Stadt«, worauf sein Begleiter, der auffallend guter Stimmung war, meinte: »Bestimmt ist sie wieder im Lancaster in der Rue de Berri abgestiegen. Das ist ihr Stammhotel. Da gehen wir morgen vorbei. Ich kenne sie, hab mal in Berlin mit ihr gespielt. Sie ist großzügig, vielleicht spendiert sie uns das Zugbillett in den Süden.«

Blauer Engel, dachte Aenne noch, was soll das denn sein? Zwar verstand sie nur wenige Brocken Französisch, doch als sie einige Tage später an einem Zeitungsstand vorbeiging und ihr Blick auf die Schlagzeile »Le noveau film de L'Ange Bleu Marlene Dietrich« fiel, erinnerte sie sich an die Szene mit den gut gelaunten Emigranten. Neugierig geworden, schaute sie sich das Foto genauer an. Schön war dieser Blaue Engel mit seinen hohen Wangenknochen und diesem verführerischen Blick. Aber die aufgemalten Augenbrauen fand sie ausgesprochen hässlich. Waren nicht in Berlin die Bürgerstöchter auch mit diesen Augenbrauen rumgelaufen? Hatten Frauen mit diesen aufgemalten Augenbrauen etwa den Nazis zugejubelt? Als ihr das jetzt in den Sinn kommt, zwei Stationen vor dem Bahnhof Schönefeld, wo sie aussteigen muss, bricht ihr der kalte Schweiß aus. Vor ihrem inneren Auge sieht sie einen Saal voller Marlene-Dietrich-Lookalikes mit aufgemalten Augenbrauen, die den rechten Arm zum

Hitlergruß emporstrecken. Warum nur hat sie sich für diesen Auftrag bereiterklärt? Vielleicht ist das eine Falle? Ulbricht ist bekannt für seine vertrackten, bösartigen Ideen. Pausenlos plant er Intrigen, um seine Feinde auszuschalten. Das ist doch alles Quatsch, denkt sie dann. Erst dieser Tage hat sie im Neuen Deutschland Fotos von der Ankunft Dietrichs auf dem Flughafen Schönefeld gesehen. Die Weigel würde der doch keine Blumen schicken, wenn sie was mit den Nazis zu tun gehabt hätte. Schwarz auf weiß stand im Neuen Deutschland, dass Marlene Dietrich eine hochverdiente Antifaschistin sei. Den Artikel hat sie extra aufgehoben. Aenne beruhigt sich. Ihr kann nichts passieren. Sie ist schließlich keine Exilantin mehr wie damals in Paris, sondern eine verdiente Parteigenossin. Ohne Genossen wie sie gäbe es diesen ersten sozialistischen deutschen Staat nicht. Das weiß auch Walter Ulbricht, der Staatsratsvorsitzende und Erste Sekretär des Zentralkomitees der SED, der sich bestimmt nicht mehr an sie erinnern kann. Angeblich soll er in seiner Villa in Wandlitz ein Zimmer mit chinesischer Seidentapete haben und einen Fußboden aus venezianischen Kristallglassteinen. Seine Lotte wollte schon immer hoch hinaus. Das ist auch so eine, die sich die Augenbrauen hätte aufmalen können. Ein Kirschmündchen hat die sich geschminkt, damals im Karl-Liebknecht-Haus. Oder war's in Moskau? Egal, sie sah jedenfalls verboten aus. Zimmer mit Seidentapeten, war das nicht Verrat an der kommunistischen Idee? Aenne weiß, dass ihr solche Gedankenspiele wenig helfen würden, wenn man sie erwischte. Insgeheim ärgert sie sich, dass sie nicht weiß, wie sehr sie Ulbricht mit der Aktion schaden wird. Gleichzeitig entspricht dieses Vorgehen ihrer lebenslangen Praxis. Aufträge sind ohne Nachfragen auszuführen. Allein die Partei kennt den Plan. Ihr Nichtwissen schützt die Partei. Jeder Mitwisser ist ein potenzieller Verräter. Lächelnd schaut sie aus dem Fenster. Rache ist sinnlos, aber belebend. Dieser Nervenkitzel tut ihr gut. Er erinnert sie an die Zeit, in der es noch um was ging. Damals, als man sie noch nicht zu den Schlagerstars abgeschoben hatte, sondern sie eine stolze Kämpferin ihrer Klasse war. Allein die Arbeiterklasse ist berufen, fähig und willens, eine klassenlose Gesellschaft zu errichten. Mit den Bataillonen des Proletariats marschierte Jungkommunistin Aenne dem Sieg entgegen. Alles lange her, doch eisern hält sie bis heute an der moralischen Überlegenheit des Kommunismus fest.

Vor Käte hat sie die Aktion geheim gehalten. Die hätte ihr eine Gardinenpredigt gehalten und sie mal wieder vor ihrem »gefährlichen Temperament« gewarnt. Aenne weiß genau, was sie damit meint. Schließlich hat Käte hautnah mitbekommen, wie sie schon als junge Frau nach vorne drängte und den großen Auftritt suchte. Aenne war die, die im Arbeiterchor idiotischerweise Solorollen singen wollte und der kein Auftrag gefährlich genug sein konnte. Und natürlich stellte sie sich vor, nach getaner Tat im Mittelpunkt zu stehen und ein Glanz zu sein. So eine konnte die Partei nicht gebrauchen. Sie wurde aussortiert und galt als ungeeignet für die konspirative Arbeit, deren wichtigste Regel lautete: Nirgends und unter keinen Umständen auffallen! Irgendwann entdeckte sie, dass sie die Parteiarbeiterin, die man sofort vergisst, auch als Rolle begreifen konnte. Wie eine Schauspielerin beobachtete sie sich selbst beim Spiel. Damit hielt sie ihre Eitelkeit in Schach. Ihr Spiel verlieh ihr eine kühle Souveränität und verschaffte ihr Anerkennung. Das ging gut, bis zu jenem unheilvollen Auftritt in Moskau. Wie konnte ihr das nur passieren? Nach all den Jahren war sie eins geworden mit ihrer Rolle, und selbst wenn sie allein war, erlaubte sie sich keine Abweichung, sondern blieb eine graue Parteimaus. Es werden der Applaus und der Wodka gewesen sein. Eigentlich trank sie nie mehr als ein Glas, aber an diesem Abend ließ sie sich von der Trinklaune der anderen anstecken. Und als sie sie umschwärmten, hat sie wohl die Rollen verwechselt und geglaubt, sie sei eine berühmte Sängerin. Für ihre Eitelkeit hat sie einen hohen Preis gezahlt. Das reicht. Jetzt ist der Spitzbart dran. »Zentralflughafen Schönefeld. Dieser Zug endet hier. Alle aussteigen bitte.«

Drüben in Kalifornien, unter den Palmen, hat Marlene Dietrich vollständig vergessen, wie ekelhaft kalt Berlin sein kann. Wie oft hatte sie mit Heimweh an die ersten warmen Spätnachmittage im Frühling gedacht, wenn man im offenen Wagen den Kurfürstendamm entlangbrausen konnte. Da hatte sie ohne ersichtlichen Grund so ein Glucksen in der Kehle. Vielleicht, weil sie jung, oder vielleicht auch, weil sie glücklich gewesen war. Nach Glucksen ist Marlene Dietrich heute nicht zumute. Es ist dunkel, und es schneit. Das Hotel sieht wie eine lang gestreckte Kaserne aus und scheint direkt ans Rollfeld gebaut worden zu sein. Als sie die Hotelhalle betritt, weiß sie im ersten Moment nicht, ob das nicht ein Dreh ist. Ist sie in den Kulissen des Kreml gelandet? *From Russia with Love* Part Two? Sie als Jamie Bond? Schön wär's, dann könnte sie die freie Welt verteidigen, Frauen verführen, schießen und Drinks ordern. Wie in jeder anderen Hotelhalle der Welt auch riecht es nach Kaffee. Die Schiebetüren des Speisesaals sind halb geöffnet. Bis auf die Kellner, die mit silbrig glänzenden Tabletts hin und her schwirren, ist niemand zu sehen. Untröstlich sei er, versichert ihr der hastig herbeigeeilte Hoteldirektor. Er ist wohlbeleibt, hat rote Bäckchen und passt so gar nicht in diese edle Umgebung. Man habe ihn zu spät über ihre Ankunft verständigt. Die plötzliche Wärme hat sie müde gemacht. Betont langsam, wie in Zeitlupe, reicht sie ihm die Hand, sein Kopf neigt sich nach unten, er macht den Rücken krumm, doch dann verharrt er mitten in der Bewegung. Ist er eingeschlafen, oder überlegt er, ob ein Handkuss unter Antifaschisten überhaupt passend ist? Als er sich wieder aufrichtet, ist

Marlene Dietrich verschwunden. »Das kann ja heiter werden. Die ist noch kapriziöser als Che Guevara«, murmelt er vor sich hin.

Im Exil sind selbst die Betten anders als zu Hause, wer hat das noch mal gesagt? Dietrich prüft die Federung des Betts, hüpft auf und ab. Gut gelaunt schaut sie sich um. Mahagonimöbel, Seidentapeten, Ankleidespiegel, Samtvorhänge, sie kann zufrieden sein. Wenn da nur nicht dieser seltsame Geruch nach feucht ausgewischten Schränken wäre. *Ob die hier kalte Platte haben?* Ihr Blick fällt auf ihr Gepäck. *Was soll ich denn mit den Blumen? Und warum haben sie sie auf der Chaiselongue abgelegt? Die hätte der Chauffeur doch seiner Frau mitbringen können.* Sie telefoniert nach einer Vase.

»Eine Frage noch: Kann ich von hier aus nach New York telegrafieren …?

Wie ich mir das vorstelle? Ganz einfach, ich gebe den Text durch, und Sie aktivieren ihren …

Wie bitte? Sie müssen eine Erlaubnis einholen? …

Das dauert eine Woche? Danke, dann besorge ich mir eine Brieftaube.«

Als das Zimmermädchen ihr die Vase bringt, mustert sie sie. *Wie alt sie wohl ist? Zwanzig, zweiundzwanzig? Gezeugt auf Fronturlaub? Von einem mit Totenkopf-Abzeichen oder von einem müden Landser?* Sie öffnet ein Fenster, lehnt sich raus und sucht die Sterne. Von ferne hört man Flugzeuge rangieren, abfliegen und landen. *Boni hat recht, das ist ein Scheißvolk, diese Deutschen. Ich bin verloren. Waste.*

Seit sie im Krieg gewesen ist, machen sie Flughäfen traurig. Der erste Blick nach der Landung in den Himmel. Nicht zu wissen, was einen erwartet, ob die Schlacht verloren oder ob sie gewonnen ist. Das fröstelnde Gefühl auf dem Rollfeld in der Morgendämmerung, wenn einem eine durchwachte Nacht in den Knochen steckt. Unrasiert und fern der Heimat. Das war sie damals, und das ist sie noch immer.

Sie kann doch nicht schon wieder rauchen. Eigentlich hat sie aufgehört, aber kann ihr mal einer verraten, wie man ohne Zigaretten vernünftig leben kann? *Königin von Saba, damit fing's an. Die Schachtel war einmalig schön, dieser glutäugige Mann und die Minarette im Hintergrund. Auch Kamele? So alt bin ich schon, dass es die Zigaretten meiner Jugend nicht mehr gibt. Alma Mahler hat Saba geraucht, in Weimar damals. Der habe ich alles nachgemacht. Wahrscheinlich habe ich mir eingebildet, dann kriege ich auch ein Genie als Mann ab. Hat nicht hingehauen. Mein Rudi betreibt in der Wüste eine Hühnerfarm. 1200 Hühner! He's a forgotten man.* Sie lässt sich in einen Sessel fallen und zündet sich eine Zigarette an. Nach dem ersten Zug schon spürt sie, wie ihre Nerven sich beruhigen. *Nicht rauchen ist furchtbar. Im Krieg Lucky Strike. Luckys mit dem roten Kreis, wenn man die aus der Tasche zog, gehörte man zu den Siegern. Doch was hat der Sieg gebracht? Cette Europe que j'ai tant aimée s'est reduite à une vague souvenir. Tant pis.* Sie blättert die Speisekarte durch, *Würzfleisch vielleicht, aber kann ich danach noch schlafen?* Auf der Getränkekarte entdeckt sie den Hinweis, dass es im Keller eine Bar gibt. *Wen soll ich denn in der Bar Juri Gagarin treffen? Den Genossen Hoteldirektor mit den roten Bäckchen vielleicht?*
Weit nach Mitternacht wacht sie auf. Es muss gegen drei Uhr sein, und es ist ihr, als ob das Telefon geklingelt hätte. Sie greift neben sich. *War das Jean? Comment tu vas, mon amour?* Pure Einbildung, Gabin wird sie nie mehr anrufen. Auf ihrer Tischkarte als Kind stand: »Was ist das Leben ohne Liebesglanz?« Gleich morgen wird sie den drolligen Hoteldirektor fragen, ob sie was von Schiller in ihrer Bibliothek haben, *sonst lese ich eben Marx, kann auch nicht schaden.* Es ist unheimlich still, *selbst die Flugzeuge schlafen, nur ich bin wach. Ich nehme ein Schlafmittel. Das ist nicht schlimm, nur traurig, aber vorher rauche ich noch eine.* Leise vor sich hin summend, steht sie auf. Wo ist nur

ihr Zigarettenetui? Das wird sie hoffentlich nicht bei dem Gefummele mit den Sandmännchen verloren haben. *Douglas Fairbanks hat mir doch dieses Etui geschenkt, oder? Habe ich den eigentlich der Crawford oder der Hepburn ausgespannt? Na ja, er war nicht sonderlich originell, aber er sah verdammt gut aus in seinen Zweireihern. Seltsam, dass die Männermode in den schrecklichsten Zeiten so elegant war. Hotels sind traurige Orte. Diese miesepetrigen Stubenmädchen, die jedes Geheimnis zu kennen scheinen. Ich will gar nicht die Tür öffnen, da krieg ich Depressionen. Die Einsamkeit, die im Hotelflur lauert und offenbar nur darauf wartet, jemanden anzuspringen. Nur Garderoben sind noch schlimmer. Immer zu heiß, zu kalt, eng, schäbig, schmutzig. Es riecht nach Schminke, Alkohol, Schweiß, Odol, Zigaretten, Parfüm und manchmal auch nach Sex.* Ihr Magen knurrt. Seit ihrem Abflug gestern in Paris hat sie nichts mehr gegessen. Schritte auf dem Flur. Warum kommt ihr jetzt *Scarlett Empress* in den Sinn? Da gab es doch gar nichts zu essen. Mit diesem irre grinsenden Zaren tobte sie bei flackerndem Kerzenlicht durch die Kulissen. *Jo, dieser Tyrann, dieser Sadist. Fünfzigmal hat er mich die Szene mit dem Kruzifix und der Glocke wiederholen lassen, aber ich habe nicht geklagt.* Bei jeder Szene wurden die Schnittkanten des Kruzifixes an ihren Schenkeln tiefer. In der Garderobe schüttete sie Alkohol über die Wunden, fuhr nach Hause und servierte ihm humpelnd das Abendessen. *Ich habe ihm sein Lieblingsgericht gekocht. Er wollte ja immer nur Beuschel oder Tafelspitz und hat sich gefühlt wie Kaiser Franz Joseph. Ich ließ ihn bei mir schlafen. Wahrscheinlich hat er sich eingebildet, ich liebe ihn jetzt noch mehr, aber ich war es, die ihn abserviert hat. Wie eifersüchtig er auf die Lisl Bergner gewesen ist. Die ist auch nicht ohne gewesen. Mignon oder Circe war ich für die. Keine Psychoanalyse der Welt kann Jo von seiner Liebe zu mir heilen. Rache ist süß.*

»Mensch, Aenne, haste schon gehört?«

»Was denn?«

»Wir haben einen Hollywoodstar im Haus. Auf der Eins. Marlene Dietrich, soll im Nebenberuf Antifaschistin sein. Spaß. Die ist 'ne ganz große Nummer, wohl 'ne Freundin von der Weigel.«
»Nö, weiß ich nichts von. Beeindruckt mich kein bisschen. Ich bin schließlich auch verdiente Antifaschistin und krieg sogar 'ne Rente. Meinst du, die kriegt die auch?«
»Jetzt sei doch nicht so humorlos. Hast du auch Spätdienst?«
Dem wird sie bestimmt nicht auf die Nase binden, was heute los ist. Aenne geht in ihr kleines Büro. Vorher schaut sie sich um. Die Luft ist rein.
»Hallo, spreche ich mit Frau Dietrich? …
Ja? Es geht um die Zigaretten, die Sie bestellt haben. Peter Stuyvesant haben wir nicht, aber Caro …
Wie, Duft der großen, weiten Welt? …
Ach so, Werbung …
Was meinen Sie? …
Sicher kann man Caro rauchen. Rauchen wir doch alle …
Zwei Packungen Caro, habe ich notiert …
Wie ich heiße? Mein Name ist Jenny Mulack. Wenn Sie später von unten aus der Bar A Hard Day's Night hören, klopfe ich bei Ihnen. Nur damit Sie Bescheid wissen.«
Verwundert schaut Marlene Dietrich den Hörer an. Aufgelegt. Ihr blieb nicht einmal Zeit für eine Antwort. Komische Angewohnheiten haben die hier, denkt sie sich und schaut aus dem Fenster.
Aenne klopft. Und schon steht die Dietrich im Türrahmen.
»Da sind Sie ja, Seeräuber-Jenny. Sie kommen gerade rechtzeitig. Das ist meine letzte.« Dem Blauen Engel hängt eine Zigarette im Mundwinkel. »Sie sehen der Lotte sogar ähnlich. Jetzt schauen Sie nicht so entsetzt. Das ist ein Kompliment. Ich meinte Lotte Lenya.«
Aenne hat einen Schreck bekommen, denn sie dachte an Lotte Ul-

bricht, aber mit der konnte man sie unmöglich verwechseln, die war ja viel dicker als sie. *Dass die Lenya mittlerweile im James Bond KGB-Offiziere als verruchte Doppelagenten spielt, verrate ich der besser nicht.* Seeräuber-Jenny, Lotte Ulbricht, Marlene Dietrich, Bert Brecht, Lotte Lenya, Weigel, Dreigroschenoper. Aenne bemüht sich, den Überblick zu behalten.
Sie hat lange überlegt, was für ein Gesicht sie machen soll. Freundlich oder unausstehlich? Unbeteiligt, fand sie schließlich, ist am besten. So, als ob sie keine Ahnung hätte, wer da vor ihr steht. Hat sie ja auch nicht. Ist diese schwarze, körperbetonte Hose etwa aus Seide? Wie Ulbrichts Tapete? So was hat man doch nicht an, wenn man allein im Hotelzimmer sitzt. Beeindruckt registriert sie die sichere Eleganz, mit der die Dietrich sich darin bewegt. Größer hat sie sie sich vorgestellt. Von wegen lange Beine. Westlüge. Ihre jedenfalls sind auch nicht kürzer. Sie muss jetzt tierisch aufpassen, dass sie sich nicht auf die Unterlippe beißt. Das wirkt linkisch, wie sie weiß. *Mit ein bisschen Make-up sähe Jenny ganz manierlich aus. Hat sie etwa Lippenstift am Schneidezahn? Trinkgeld gebe ich ihr besser nicht. Stolze Frauen wie sie mögen das nicht.* Wie nebenbei linst Aenne durch die Tür. Sie ist enttäuscht, als sie eine schmutzige Teetasse und ein Stück angebissenen Toast sieht. Hatte sie etwa Kaviar und Krimsekt erwartet?
»Bitte, Ihre Zigaretten und noch ein Brief, der heute für Sie abgegeben wurde. Ich darf ihn nur Ihnen persönlich überreichen.« *Ein Brief? Von wem kann der nur sein? Ich kenne hier doch keine Menschenseele.* »Einen Moment noch, Jenny«, Dietrich geht ins Zimmer und kommt mit dem Blumenstrauß zurück. »Den hat mir die Weigel geschenkt. Es ist jammerschade, aber ich vertrage diese Krallenastern nicht. Allergie, Sie verstehen. Bei Ihnen sind die in richtigen Händen. Sie sind doch auch eine Antifaschistin, das sehe ich sofort. Bitte schön, Helene würde sich darüber bestimmt freuen.« Spricht's und

drückt der verdatterten Aenne das antifaschistische Blumengestrüpp in den Arm. Dann schließt sie die Tür, *die wäre ich los*. Den ominösen Brief legt sie zusammen mit der Packung Caro neben das Telefon. »Und ein Schiff mit acht Segeln und mit fünfzig Kanonen wird liegen am Kai«, tönt es von drinnen raus auf den Flur. Aenne lauscht, schüttelt den Kopf und schaut den Strauß an. Was soll sie nur mit dem anfangen?

S
BAHN
DEUTSCHE REICHSBAHN
SAVIGNYPLATZ
VAUBEKA

Die Straße liegt verlassen da.

Das bittere Berliner Bier. Es riecht nach dem bitteren Berliner Bier.

+ + TRAVELLING

OBJECTS + +

Want to buy

some illusions / Slightly used, second-hand?

Sind wir Komplizen oder sind wir Vertraute?

Mazel tov, Willy Brandt

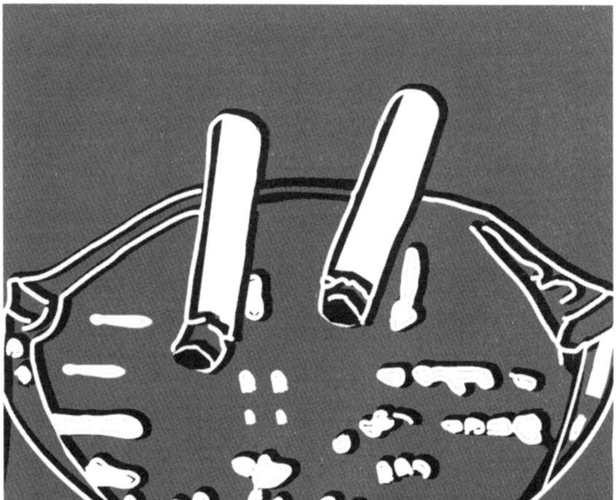

JANUAR 1964

WESTBERLIN, GROSCHEN-DIELE, SAVIGNYPLATZ, CHARLOTTENBURG

»Sehen Sie da hinten den Durchgang bei der Brücke? Das ist der S-Bahnhof Savignyplatz. Ich lasse Sie unter der Brücke raus. Sie müssen nur ein paar Schritte durch diese dunkle Passage gehen, dann sehen Sie schon die Groschen-Diele auf der rechten Seite.«
»Sie bringen mich auch wieder zurück in den Osten?«
»Keine Sorge, ich suche mir in der Nähe einen Parkplatz und warte gegenüber der Diele auf Sie.«
Die Straße liegt verlassen da. Das Licht eisengrau, die Luft kalt und klar. Im Schein der Straßenlaternen kann sie ihren Atem sehen. Nur das Echo ihrer Schritte ist zu hören. Die Gehwegplatten sind noch immer so schief wie früher, als sie Kind war und Himmel und Hölle gespielt hat. Damals auf der Roten Insel, weit weg vom mondänen Ku'damm, der da vorne am Ende der Straße sein muss. Sie kennt die Gegend gut. Zu Hause in Wilmersdorf warteten Mann und Kind, aber in den plüschigen Pensionen in den Seitenstraßen des Ku'damms lockte das Abenteuer. Die Zimmer der Alt-Berliner Wohnungen, vollgestopft mit dunklen Möbeln und monströsen Ölgemälden, waren stundenweise zu mieten. Ideal für leichterhand getroffene erotische Arrangements. *Diese Absteigen gibt es bestimmt noch immer. Hat sich ja auch sonst nicht viel geändert. Susanna im Bade und Hakenkreuz, das mögen sie.*
Groschen-Diele steht in schlichten schwarzen Buchstaben über der hölzernen Eingangstür. Die Vorhänge sind zugezogen. Dietrich, in

Hut und Mantel, hat ihre Sonnenbrille auf. Wenn schon inkognito, dann richtig. Als sie das Lokal betritt, heben alle nach und nach die Köpfe und starren sie an. *Das bittere Berliner Bier. Es riecht nach dem bitteren Berliner Bier.* Sonnenbrille, wenn es draußen Nacht ist, was soll denn das, scheinen sich die Dielengäste zu fragen. Doch als Berliner sind sie viel gewohnt und wenden sich rasch wieder ihren Gesprächen oder ihrer Zeitung zu. Dietrichs Blick fällt auf den Tresen. Dahinter steht Bier zapfend ein großer Mann, der sein grau meliertes Haar nach hinten gekämmt trägt. Im Aschenbecher, der vor ihm auf der Zapfanlage steht, qualmt eine angerauchte Zigarette. Für einen ganz kurzen Moment hebt er seine linke Augenbraue, dann gilt seine Aufmerksamkeit wieder dem halb vollen Bierglas. Weißes Unterhemd. Muskeln wie ein Boxer. Es ist Januar, er im Unterhemd, sie mit Sonnenbrille, das passt. »Hinterzimmer?«, fragt er sie mit einem knappen Lächeln. Sie nickt.
»Dann mir nach.«
Das Lokal ist schummrig, verraucht, labyrinthisch. Auf die erste Höhle mit Tresen, Barhockern und Sitzbänken folgt die zweite Höhle mit Holztischen und einfachen Stühlen. Die Wände sind bis auf halbe Höhe mit dunkelbraunen Holzpaneelen verkleidet und mit gerahmten Fotografien übersät. Darauf Trinkerrunden und Demonstrationen. Rote Fahnen flattern, Biergläser werden geschwenkt. Über den Paneelen entdeckt sie auf die Wand gemalte Karikaturen von freizügig dekolletierten Damen und vergnügten Herren mit Baskenmützen. Wo ist sie denn hier gelandet? In einer sozialistischen Künstlerkneipe?
Der Wirt öffnet die Tür zum Nebenzimmer. »Willy hat angerufen. Er verspätet sich«, sagt er, nachdem er die Tür hinter ihnen geschlossen hat. »Ich soll Ihnen schon mal was bringen.«
Sie schält sich aus ihrem Mantel und wartet darauf, dass er ihn ihr

von den Schultern nimmt. Er denkt jedoch nicht daran, sondern schürt den Bollerofen, der in der Ecke steht und eine enorme Hitze verbreitet.

»Eigentlich feuern wir den nie an, aber wenn uns so hohe Gäste beehren, ist das natürlich anders. Was darf's denn sein? Soll ich Ihren Mantel aufhängen?«

Sie reagiert nicht, woraufhin er den Mantel einfach von dem Stuhl nimmt, auf dem sie ihn nachlässig abgelegt hat. Da steht er im Unterhemd mit ihrem Wintermantel, über seinen kräftigen linken Unterarm gelegt, und wartet auf ihre Entscheidung.

»Berliner Luft, bitte.«

»Da verwechseln Sie die Seiten. Den gibt's drüben. Wir haben nur Mampe Halb und Halb im Angebot.«

»Dann 'ne Molle.«

»Auch was zu essen? Soleier? Sülze? Bulette? Brathering?«

»Klopse vielleicht, aber damit warte ich noch. Danke.«

Sie kann sich nicht erinnern, je in einer Berliner Diele gewesen zu sein. Ihr Vater war Polizist gewesen. Er trug immer Uniform und ging nie in die Kneipe. Also musste sie ihn auch nicht dort abholen. Als junge Schauspielerin war sie nachts unterwegs, aber Dielen waren ihr zu proletarisch, sie wollte nicht tanzen und mochte es lieber verrucht. Endlos viele Nächte hat sie sich mit der Berber, dem Hubsi und dem Baron Bleichröder in schäbigen Etablissements in der Nähe des Nollendorfplatzes um die Ohren geschlagen. Vorne an der Bar saßen die käuflichen Jungs in Damenkleidern, und sie rutschten in den mit rotem Samt ausgeschlagenen Nischen eng zusammen. Leise singt sie vor sich hin, »Schöner Gigolo, armer Gigolo, denke nicht mehr an die Zeiten, wo du …«, da geht direkt neben ihr eine Tapetentür auf, und Willy Brandt spaziert herein. Sie sitzt, er steht, der Wirt kommt mit dem Bier.

»Mensch, Willy, da biste ja endlich.«
»Ich wurde aufgehalten. Habt ihr euch schon bekannt gemacht? Nein? Frau Dietrich, guten Abend, bitte entschuldigen Sie die Verspätung, darf ich Ihnen meinen Freund Karl Macher vorstellen? Karl, das ist Marlene Dietrich.«
Alle drei lächeln sich kurz an.
»Karl, wir möchten unsere Ruhe haben. Bring mir ein Bier und ein Selters.«
»Gut untergebracht?«
»Im Generalshotel, ist ganz praktisch, steht direkt am Rollfeld.«
»Dann werden Sie als hoher Staatsgast eingestuft. Bisher haben dort Kaliber wie Breschnew oder Castro übernachtet.«
»Und ihr im Westen empfangt eure Gäste an Orten wie diesen? Das letzte Mal, dass ich in solch einer Kneipe war, das war bei den Dreharbeiten zu Witness.«
»Wanna kiss me, duckie?«
»Ah, Sie kennen den Film. Als German glamour puss musste ich extra Cockney lernen. Hat auch nichts genützt. Weiß gar nicht mehr, wem sie den Oscar gegeben haben. Wenigstens war Christine Vole nur eine Deutsche und keine Nazi.«
»Sie waren brillant. Richtig deutsch.«
»Billy Wilder lag mir in den Ohren, dass ich diese Nazitanten spielen sollte. Erika von Schlütow in A Foreign Affair, do you remember?« Leise singt sie: »Want to buy some illusions, slightly used, secondhand?«
»Warum ich?, habe ich Billy gefragt. Es gibt doch keine andere, hat er gesagt. Dass ich nicht lache. Da haben 99 Prozent aller deutschen Schauspielerinnen dem Goebbels auf dem Schoß gesessen, und dann kann nur ich eine Nazi spielen? Also wirklich.«
»Wie oft sind wir uns eigentlich begegnet?«

»Das letzte Mal in Paris. Da standen der olle Malraux bei den Franzosen und der eitle Karajan bei den Deutschen im Mittelpunkt. Wir sind ja keines von beidem.«
»Ich bin wieder Deutscher.«
»Ach, wirklich? Seit wann denn das? In Nürnberg bei den Prozessen waren Sie doch Norweger, oder? Das ging ja fix.«
»Wie man's nimmt. Das ist fast zwanzig Jahre her.«
»Junge, wie die Zeit vergeht. Haben Sie mal 'ne Zigarette für mich? Drüben im Osten haben sie mir diese hier gegeben. Kennen Sie die?«
»Caro. Schöne Packung. Die raucht der Honecker, ein hoher Funktionär.«
»Der hat wohl keine Geschmacksnerven, dieser Honecker. Für mich schmecken die nach alter Matratze.«
Brandt reicht ihr seine Packung, der sie eine Zigarette entnimmt.
»Anybody got a match?«
Brandt nimmt seine Streichholzschachtel und wirft sie ihr über den Tisch zu. Betont langsam zündet sie sich ihre Zigarette an.
»Thanks.«
Sie wirft ihm die Schachtel zurück.
»Nil, schöne Packung.«
Sie nimmt einen tiefen Zug.
»Die schmeckt wenigstens auch. Sollten Sie mal diesem Honecker mitbringen. Wo waren wir stehen geblieben?«
»Bei den Nürnberger Prozessen.«
»Genau, Nürnberg. Die Eintrittskarten waren so blau wie Ihre Zigarettenschachtel. Ich wette, Sie, ich und die Mann waren die einzigen Deutschen dort. Außer den Naziverbrechern auf der Anklagebank natürlich. Die wurden jeden Tag frisch rasiert, das muss man sich mal vorstellen. Ich saß auf der Gästetribüne und hatte die Kerle im Blick. Das waren Gauner, Diven und Gouvernanten. Der Göring, der

sah doch aus wie eine schwangere Puffmutter, finden Sie nicht auch? Und dann haben die nur geschlafen, gegrinst, grimassiert oder gegähnt. Und warum die alle das R so rollen, habe ich mich gefragt.«
»Ich erinnere mich vor allem an Hess. Der hat einen offensichtlich irren Eindruck gemacht.«
»War das der, der immer eine Decke über seine Beine gezogen hatte?«
»Ja, der las in irgendeinem Schundroman und kicherte ab und an. Erika Mann ging mir ehrlich gesagt auf die Nerven. Die machte auf Amerikanerin und erzählte jedem, dass sie kein Deutsch mehr versteht. Mit Ihnen dagegen hätte ich mich gerne unterhalten, aber wenn Sie abends in Ihrer amerikanischen Uniform an der Bar im Grandhotel aufgetaucht sind, war kein Durchkommen mehr.«
»Ja, sie war ein bisschen aufdringlich antideutsch, die Gute. Aber die ganze Situation war ja auch unerträglich. Ich habe mich ständig gefragt, ob ich wirklich aus diesem grauenhaften Land komme. Und dann noch diese Stadt mit den schiefen Häusern, Fachwerk oder wie das heißt, und diesen putzigen Brunnlein und überall diese engen Straßen. Gott sei Dank bin ich Berlinerin und amerikanische Staatsbürgerin. Und Sie sind also wieder Deutscher?«
»Ich wollte helfen, die Dinge in Deutschland in Ordnung zu bringen, und dafür brauchte ich die deutsche Staatsbürgerschaft. Ehrlich gesagt hat mich meine Ausbürgerung damals nicht sonderlich beeindruckt. Dass ich nach dem Willen der Nazis kein Deutscher mehr sein sollte, war doch fast schon eine Ehre. Mit diesem Nazi-Staat wollte ich sowieso nichts zu tun haben, aber die Rückkehr in meine aus vielen Wunden blutende Heimat, die hat mich mitgenommen.«
»Das ist ja Courths-Mahler! Aus vielen Wunden blutende Heimat: Damit können Sie mir nicht kommen. Ich lese Walser, Grass, Böll. Wir Emigranten sind nirgendwo zu Hause, lassen Sie sich das gesagt

sein. Und das Gerede von der Heimatlosigkeit ist Kitsch, großer Kitsch sogar. Wenn Sie denken, ich werde hier sentimental, suche mein Geburtshaus oder so, dann liegen Sie falsch. Ich weiß nicht mal mehr, wo das gewesen ist. Ich lebe meistens aus Koffern. Ich werde doch nicht traurig, nur weil ich nicht mehr Murmeln hier auf der Straße spiele. Ist mir doch egal, ob ich in Neukölln oder in Charlottenburg aufgewachsen bin.«

»Haben Sie noch Verwandte in Deutschland?«

»Meine Mutter ist kurz nach Kriegsende gestorben. Mein Vater im Ersten Krieg gefallen.«

»Geschwister?«

»Habe ich nicht und auch nie vermisst. Ich komme aus einer guten Familie. Da hat man nicht so viele Kinder. Ich habe ja auch nur eine Tochter.«

»Haben Sie noch Freunde hier?«

»Das werde ich ständig gefragt, und darauf kann ich nur sagen, dass all meine Freunde Deutschland entweder verlassen haben oder im KZ umgebracht worden sind. Das wird doch bei Ihnen nicht anders sein, oder?«

Stimmen und Poltern im Treppenhaus. Die Hintertür zur Straße wird geöffnet. Man hört langsam vorbeifahrende Autos. Dietrich drückt ihre Zigarette aus. Über den Aschenbecher hinweg schaut sie Brandt direkt an. Er erwidert ihren Blick. Sind wir Komplizen oder sind wir Vertraute, scheint einer den anderen zu fragen.

»Welchen contract wollen Sie mir vorschlagen?«

»Contract, wie kommen Sie denn darauf?«

»Sie haben mich ja nicht hierherbringen lassen, um mich über meine buckelige Verwandtschaft auszufragen.«

»Ich will Sie um einen Gefallen bitten, wobei weder Subjekt noch Objekt stimmen.«

»Aha.«
»Es geht um Deutschlands Zukunft, die ohne eine andere Perspektive auf die Vergangenheit dunkel sein wird.«
»Ich bin ein praktischer Mensch. Herumgerede um den heißen Brei mag ich nicht. Was wollen Sie von mir?«
»Ich weiß nicht, wie weit Sie mit unserem politischen System vertraut sind.«
»Politik interessiert mich nicht.«
»Wir haben ein Problem. Die Zeit drängt. Noch in diesem Jahr soll ein neuer Bundespräsident gewählt werden. Der Bundespräsident übt das höchste Amt im Staat aus. Der jetzige heißt Heinrich Lübke und lässt sich zur Wiederwahl aufstellen. Ich will Sie nicht mit Einzelheiten langweilen, aber wir haben Beweise, dass Lübke enger mit den Nazis kooperiert hat, als wir das bislang angenommen haben.«
»Heinrich, mir graut vor dir.«
»Sie sagen es. Wir haben die Konkursmasse der Nazis übernommen, und es gibt auch nichts daran zu rütteln, dass die Deutschen bis the bitter end mitgemacht haben. Jetzt jedoch müssen wir überlegen, was zu tun ist, damit Deutschland wieder international als verlässlicher Partner anerkannt wird. Wir wollen ein Volk guter Nachbarn sein, und eins steht fest: Ein Nazi als Bundespräsident würde alle unsere Bemühungen in diese Richtung auf einen Schlag zunichtemachen.«
»Ich habe Hunger. Wollen wir uns eine Portion gebackene Holunderblüten teilen?«
»Gebackene Holunderblüten?«
»Das war eine Spezialität meiner Mutter.«
»Habe ich noch nie hier auf der Karte gesehen. Außerdem ist es Winter. Wo sollen denn da die Holunderblüten herkommen?«

»Diese Fliegerei macht mich ganz meschugge. Im Farmer's Market in Los Angeles wäre das kein Thema, aber ich bin ja in der Groschen-Diele in Berlin.«
»Wollen Sie vielleicht Königsberger Klopse? Die sind hervorragend hier.«
»Jetzt kommen Sie mal erst mit Ihrem Vortrag zu Ende. Danach ist mir der Appetit vielleicht vergangen.«
»Sie sind aus Deutschland geflüchtet, so wie ich.«
»Fangen Sie bloß nicht wieder mit Ihrem Vaterland an. Meine deutschen Eigenschaften machen mir das Leben schon schwer genug. Und für die hat in Amerika oder Frankreich niemand Verständnis. Was soll das hier?«
»Jeder erwachsene Deutsche trägt Verantwortung, für das, was damals geschehen ist. Aber Verantwortung ist etwas anderes als Schuld. Schuldig sind die Nazis, die Gestapo-Terroristen, Blockwarte, Generäle, Obersturmbannführer, Großindustriellen ...«
»Halten Sie mal die Luft an. Die Nazis machten einem die Entscheidung ganz einfach. Dazu musste man doch nicht Philosophie studiert haben. Fast alle wussten, was vor sich ging. Die SS-Schergen holten jeden Tag in jeder Stadt jüdische Männer, Frauen und Kinder ab. Am helllichten Tag. Die schrien und weinten, als sie abgeholt wurden. Und das will keiner mitbekommen haben?«
»Sag ich doch, die Deutschen müssen Verantwortung tragen. Keiner kann sich außerhalb der Verantwortungsgemeinschaft stellen.«
»Papperlapapp, was soll das denn sein, eine Verantwortungsgemeinschaft, die keine Schuld hat? Gegen Konzentrationslager und gegen diesen grässlichen Hitler zu sein, das war doch ganz einfach. Natürlich war man gegen die Nazis.«
»Man hat als deutscher Antifaschist keinen Grund, sich aufs hohe Ross zu setzen.«

»Wir sind beide Verräter, haben Sie das vergessen? Keiner wird mehr verachtet als der, der sein Vaterland verrät. Gegen uns halten die anderen Deutschen fest zusammen. Das Urteil über die Verräter sprechen die Verratenen, so geht das. Wir dürfen keinen Lohn erwarten, aber uns auch nicht mit denen gleichsetzen. Weil ich amerikanischer Captain war, bin ich für die ein Flintenweib, und von Ihnen heißt es doch auch, Sie hätten auf Deutsche geschossen, oder?«

»Ja, weil ich eine norwegische Uniform getragen habe.«

»Je mehr Deutsche getötet wurden, desto besser, denn desto schneller kam das Ende, das war meine feste Überzeugung. Ich war für alles, was uns den Sieg brachte. Für die Bomben habe ich in den Staaten gesammelt. Und was die Nazi-Verbrecher anbelangt, so hielt ich es mit Churchill, der diese Kerle ohne Verfahren erschießen lassen wollte. Bei der Frage either to kill them or to cure them, wäre ich fürs Killen gewesen. Heilen kann man die Deutschen nicht, glauben Sie mir das. Aber das ist Schnee von gestern. Ich bin Amerikanerin mit einer alteuropäischen Seele.«

»Und ich bin Deutscher mit einer alteuropäischen Seele. Karl, der Wirt, hat mir geholfen, als ich 1936 für ein paar Monate illegal in Nazi-Berlin gelebt habe. Damals haben wir uns geschworen, dass …«

Dietrich unterbricht ihn.

»Sie sind 1936 in Berlin gewesen? Da hätten Sie mir mein Mutterkreuz mitbringen können.«

»Wie? Sie haben ein Mutterkreuz? Von wem denn?«

»Na von wem schon? Von den Nazis. Diese Dreckskerle hatten die unglaubliche Chuzpe, mir ein Mutterkreuz überbringen zu lassen. Per Boten. Hitler persönlich soll das veranlasst haben. Ob der geglaubt hat, das schmeichelt mir? Das hässliche Ding muss noch in irgendeinem Lagerhaus rumliegen.«

»Und darum appelliere ich an die Verantwortung derer, die durch ihre Gleichgültigkeit und Untertänigkeit Deutschland den Nazis ausgeliefert haben. Das darf sich auf keinen Fall wiederholen, und deshalb darf Lübke nicht ins Amt kommen.«

»Ich hab's verstanden. Bin doch nicht schwer von Kapee. Was heißt das für mich?«

»Es sind nur mein Freund Egon und ich – Sie erinnern sich, das war der, der in Paris neben mir gestanden hat und wie Gustav mit der Hupe aussieht –, die Sie um Ihre Mitarbeit bitten. Sie haben mir vor einem Jahr einen Brief geschrieben und die Versöhnung mit ihrer Heimatstadt Berlin angeboten. Wir haben das Gebiet erweitert auf Deutschland. Kurzum: Wir wollen Sie als Gegenkandidatin zu Lübke aufstellen.«

»Bevor Sie weiterreden: Ich arbeite nur für Geld. Umsonst war im Krieg. Das war eine Ausnahme.«

»Die formalen Voraussetzungen erfüllen Sie fast. Sie sind über vierzig Jahre alt, und zumindest sind Sie als Deutsche geboren, auch wenn Sie amerikanische Staatsbürgerin sind. Es geht um einen parteiinternen Vorschlag, wir werden das mit den Formalitäten noch klären, aber natürlich würden wir, also Egon und ich, die Presse darüber informieren, dass Sie eine Kandidatur erwägen. Wir sind mit dieser Idee viel zu spät dran, aber wir setzen auf den Überraschungseffekt.«

»Ich bin Schauspielerin und nicht Exhibitionistin. Welche Rolle bieten Sie mir an?«

»Eigentlich keine Rolle, wir wollen Sie als politisches Symbol engagieren.«

»Welche Gage bekommt ein Symbol?«

»Um Geld geht es dabei bislang nicht.«

»Ich habe Deutschland aufgegeben, weil es mir Schande machte. Ich habe mich für nichts zu entschuldigen, und ich werde mich keinem Tribunal stellen.«

»Das sagt doch keiner. Wie kommen Sie denn darauf? Ganz im Gegenteil, Sie sind unsere Kandidatin, gerade weil Sie Nazideutschland den Rücken gekehrt haben.«
»Sagen Sie, wo wohnt denn so ein Bundespräsident?«
»In einer spätklassizistischen Villa in Bonn, der Villa Hammerschmidt.«
»Bonn am Rhein. Das ist nicht Paris, aber wenigstens nicht Nürnberg. Aber ein Bundespräsident ist ja so was wie ein König und kann machen, was er will, oder? Wenn ich Pudding will, kochen die mir einen Pudding, und wenn ich nach New York will, fliegen die mich nach New York, so stelle ich mir das vor.«
»Das trifft es nicht ganz, aber darüber können wir uns unterhalten, wenn es so weit ist.«
»Könnte ich in diese Villa nicht mit meiner alten Liebe Erich Maria Remarque, mit dem Boni, einziehen? Der mit Im Westen nichts Neues. Dem haben sie auch die deutsche Staatsbürgerschaft aberkannt und die Schwester vergast. Für ein paar Monate würde dem so ein Leben sicher gefallen. Der Remarque könnte meine Reden schreiben, die ich natürlich singen werde.«
Sie wirft ihm einen kühlen Blick zu.
»Lachen Sie nicht. Sie werden nicht von mir erwarten, dass ich Akten lese oder auf langweiligen Empfängen rumstehe. Josef von Sternberg und Billy Wilder könnten bei uns Ferien machen. Da gibt es doch sicher auch einen Park und Liegestühle. Das sind beides Juden, die kommen auf Staatsbesuch. Wir könnten in die Villa ein Kino einbauen, oder gibt es das schon? Gut versichert muss ich natürlich auch sein. Und zwar nicht nur meine Beine, sondern alles.«
»Warum denn das?«
»Sie wissen doch, was los war, als ich vor drei Jahren hier in der Stadt gewesen bin. Bomben wollten die legen. Beschimpft und verfolgt

haben die mich. Da wollte ich denen die schönen Berliner Lieder vorsingen.« Singt: »Wo hast du nur die schönen blauen Augen her? So treu, so lieb, so rein … Und die brüllen, ich solle abhauen. Grässlich! Und die von der Presse haben mitgemacht bei dieser Hetzjagd. Wie heißt euer wichtiges Magazin?«
»Meinen Sie den Spiegel?«
»Genau, der Spiegel war vorneweg. Die haben geschrieben, ich sei eine alte Frau, die Dior trägt und einen Sack voll Geld verdient, indem sie das Land ihrer Väter verabscheut. So viel steht schon mal fest: Dem Spiegel gebe ich kein Interview über meine Gesetzesvorhaben.«
»Gesetzesvorhaben haben Sie auch schon?«
»Na zu irgendwas muss das Amt ja gut sein. Ich werde die deutsch-französische Freundschaft beleben und vielleicht meinen Amtssitz von Bonn nach Paris verlegen, mal sehen.«
»Darüber können wir uns zu gegebener Zeit unterhalten. Jetzt noch ein paar Worte zum Prozedere …«
»Interessiert mich nicht. Wenn ich gewählt bin, erscheine ich pünktlich am Set.«
»Am Set? Sie meinen die Bundesversammlung.«
Brandt spielt mit den Bierdeckeln, trinkt einen Schluck und dann räuspert er sich.
»Wie ich sehe, haben Sie sich für Ihren Ausgang in den Westen geschmückt.«
Dietrich trägt ein schlichtes, dunkles Kostüm. Einziger Schmuck ist das kleine rote Band der französischen Ehrenlegion.
»Ach, es ist Ihnen also aufgefallen? Ich bin wahrscheinlich der erste Chevalier de la Légion d'Honneur in der Groschen-Diele. Medal of Freedom haben sie mir auch verliehen. Ich habe so viele Medaillen und Orden, dass ich denke, die Israelis, Franzosen und Amerikaner

erfinden ständig neue für mich. Erst nächste Woche kriege ich wieder was verliehen. Wenn ich die alle mit mir rumtragen wollte, müsste ich einen Extrakoffer dafür haben. Vielleicht dann als Bundespräsident. Der amerikanische Präsident hat seinen Atomkoffer und der deutsche seinen Kriegsmedaillenkoffer mit israelischen, amerikanischen und französischen Orden. Das wäre doch was.«

»Ich habe die Fotos von der Parade anlässlich des zehnten Jahrestages der Befreiung gesehen und Sie beneidet. Da marschierten Sie inmitten ehemaliger Frontkämpfer und Mitglieder der Résistance die Champs-Élysées hinunter. Sie trugen einen dunklen Mantel, Ihre Orden und das Schiffchen der American Legion. Das war mir nie vergönnt, dieses öffentlich zur Schau getragene Gefühl, Sieger zu sein. Der Stolz, die Nazis besiegt zu haben.«

Dietrich beugt sich über den Tisch ihm zu.

»Diese Parade werden wir zusammen abhalten. Meine erste Amtshandlung, wenn ich gewählt bin: Anordnung der Parade der deutschen Widerstandskämpfer den Ku'damm entlang. Werden nicht allzu viele sein, aber ein paar kommen zusammen. Und wenn John noch leben würde, dann wäre er unser Ehrengast.«

Der letzte Sommer vor dem Krieg an der Côte d'Azur. Das Meer, so blau, und der junge Kennedy im Bademantel. Mit seinem Raubtierlächeln. Was hat der für gesunde Zähne gehabt. Als Präsident habe ich ihn nur im Schaukelstuhl sitzen sehen. Er war krank und tapfer. Eine Hoffnung weniger auf der Welt. Tant pis.

»J'adore votre courage pendant la guerre, Madame.«

»Ich habe nur meine Pflicht getan. Es ist spät geworden. Noch eine letzte Zigarette. Ich darf?«

Brandt hält ihr die Packung hin. Nachdem er sich selbst auch eine angesteckt hat, löscht er mit weit ausholenden Bewegungen das Streichholz. Dietrich und Brandt verschwinden in einer Rauchwolke.

»Wir haben uns umgehört. Ihr Abflug nach Warschau wird in der Aktuellen Kamera gezeigt werden. Summen oder singen Sie ›Ich hab' noch einen Koffer in Berlin‹, dann nehmen Sie unseren Vorschlag an. Wir würden dann alles so weit in die Wege leiten. Wenn Sie aus Polen zurück sind, kann die Aktion über Paris–Berlin laufen. Bleiben Sie stumm, deuten wir das als Absage, aber davon gehe ich nicht aus.«

»Im Fernsehen zeigen die, wie ich abfliege? Ist bei euch sonst nichts los?«

»Das ist der Fernsehsender Ost. Damit habe ich nichts zu tun. Wollen Sie die Packung mitnehmen? Damit kommen Sie besser durch die Nacht.«

»Warum nicht? Dann kriegen Sie die Caro.«

»Danke, Marlene.«

»Mazel tov, Willy Brandt.«

reu dich nicht
zu früh, das aussichtslose ist keine karriere

JANUAR 1964

WESTBERLIN, SCHÖNEBERGER RATHAUS

Wie nervös er ist, merkt er daran, dass es ihm Ewigkeiten vorkommt, bis die eine Zahl eingerastet ist und er mit der Lochscheibe die nächste wählen kann.

»Willy, hier Egon …

Ja, ich sitze schon an Ort und Stelle …

Ob ich schon was gehört habe? Von wem denn? Die ist doch im Osten, und mich ruft sie bestimmt als Letztes an …

Ja, ich melde mich sofort bei dir …

Da hast du recht, davon geht die Welt nicht unter. Wer hat das gesungen? …

Weißt du auch nicht? Ist auch egal. Bis später.«

Er legt auf. Dann lässt er seine Fingerknochen knacken. Zur Entspannung. Bei Brandt knackt es im Kiefer, wenn er isst. Bei ihm, wenn er nervös ist.

Bahr sitzt in einem Hinterzimmer im Schöneberger Rathaus. Das Zimmer ist so klein, dass er mit der Nase am Bildschirm klebt. Mehr als ein Tisch, ein Fernseher und ein Stuhl passen hier nicht rein. Willy mag diese Kämmerchen, in denen ihn keiner vermutet und er sich ganz allein auf der Welt fühlen kann, aber ihm ist das zu beengt, und er ärgert sich, dass er die Sendung nicht zu Hause ansehen kann. Doch Willy hat recht, das ist eine äußerst wichtige, staatspolitische Angelegenheit, die gehört ins Rathaus. Da sitzt man gerade und lümmelt nicht auf dem Sofa rum. Außer Brandt, der Dietrich und ihm weiß keiner davon, und das wiederum gefällt ihm.

Drehaschenbecher, Zigaretten und Streichhölzer hat er in Reichweite platziert. Die Zeitung hat er zu Hause gelassen und dafür einen Band Gedichte mitgenommen. Normalerweise hat er nichts für Gedichte übrig, aber hier hat ihn die erste Strophe gepackt, und so kam er darauf, beim Warten auf die *Aktuelle Kamera* Gedichte zu lesen.
»freu dich nicht zu früh, das aussichtslose ist keine karriere«, steht da. Er schaut aus dem Fenster. Wenn sie absagt, kann er das verstehen. In Paris ist es eindeutig schöner, und die Franzosen sind nicht so sauertöpfische Typen wie die Deutschen. Ein Blick auf die Uhr sagt ihm, dass es besser ist, anzuschalten. Nachher verpasst er vor lauter Lyrik ihren Abflug.
Der Fernseher sieht irgendwie niedlich aus. Klein, eckig und tragbar. Er hat ihn sich ausgeliehen, das gehört zur Konspiration. Bahr fährt die Antenne aus, schaltet an und wartet gespannt ab. Die Erkennungsmelodie summt er mit, dann Auftritt des Sprechers. Adrett im Anzug mit weißem Einstecktuch. Mit wohlmodulierter Stimme liest er die Nachrichten vom Blatt ab. Bericht von der Ankunft einer Delegation von Genossen aus Nordvietnam, Verlautbarung des Vorsitzenden des Präsidiums des Obersten Sowjets der UdSSR, Reise des Ersten Generalsekretärs der SED in die bulgarische Bruderrepublik, Teuerungswelle in der BRD, ein Filmbericht über Fidel Castro am Lenin-Mausoleum. Wann kommt sie denn? Oder reist sie doch nicht ab? Ungeduldig trommelt er auf den Tisch. Endlich: Mit einem Reporter sitzt sie in der Abflughalle. Heute trägt sie kein Kopftuch, sondern Hut, was ihr deutlich besser steht. Dietrich scheint bester Dinge zu sein. Geduldig beantwortet sie die blödsinnigen Fragen, wo sie ihre Sandmännchen versteckt habe – die sind im Koffer –, ob es ihr gefallen habe – ich komme wieder –, wer sie in Warschau erwarte – das warmherzige polnische Publikum –, und zur Krönung verteilt sie großzügig Autogramme. Egon Bahr rückt noch näher an den Bild-

schirm ran, denn er darf keinen Ton verpassen. Vielleicht singt sie ja nur ganz leise »Ich hab' noch einen Koffer in Berlin«, doch kein Pieps, nur Lächeln und brave Antworten. Sie steht auf und geht aufs Flugfeld. Da, an der Tür dreht sie sich um.

»Los, komm schon«, murmelt er vor sich hin. Sie winkt, und er denkt »gleich legt sie los«, doch da kommt nichts. Elegant schlängelt sich Marlene Dietrich die Gangway hoch, noch ein kurzer Blick zurück und weg ist sie. »Das Wetter.«

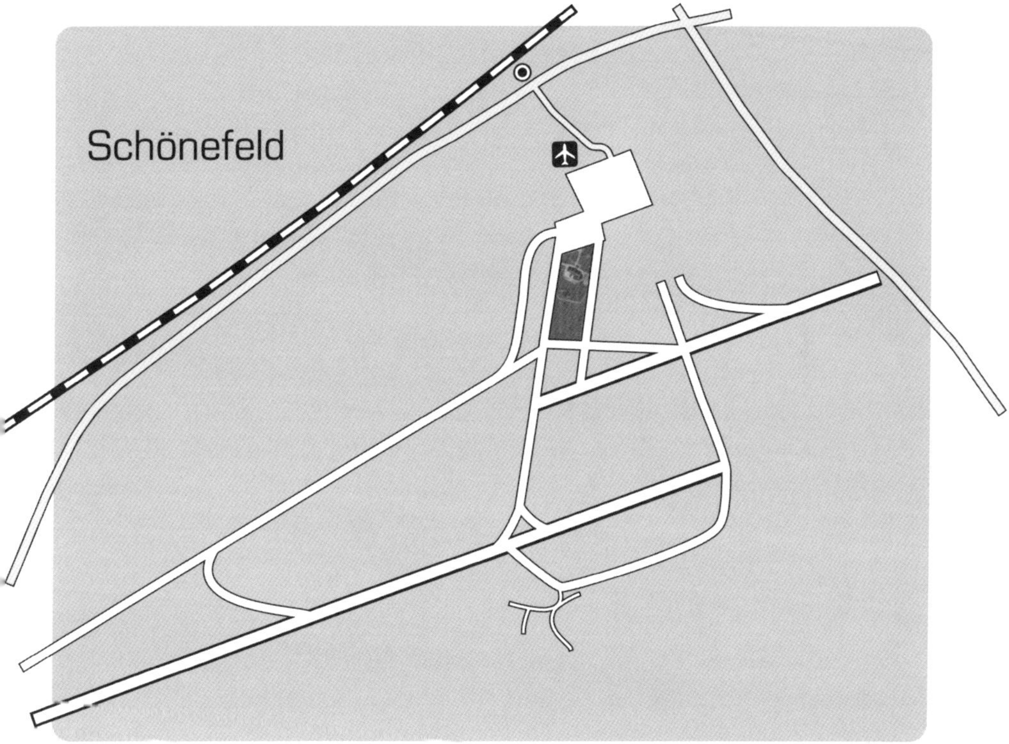
Schönefeld

ich hab noch einen Koffer in Berlin

TRAVELLING

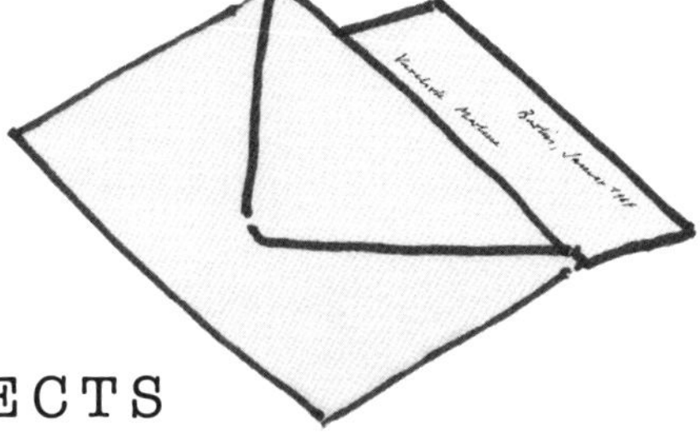

OBJECTS

HIMMEL ÜBER BERLIN

»Prosimy o zapięcie pasów. Fasten your seatbelts, please.«
Wie immer hat sie eine ganze Reihe für sich reservieren lassen. Marlene Dietrich mag es nicht, wenn Fremde neben ihr sitzen und ihr die Ohren vollquatschen oder, noch schlimmer, Geschichten aus ihrem Leben hören wollen. Sie hat keine Lust, aus dem Fenster zu schauen. Kennt sie ja alles. Selbst die Mauer aus rauem Beton, die riesigen leeren Grenzflächen inmitten der Stadt und die einsamen Soldatengestalten, die unter dem Licht der Bogenlampen Wärme zu suchen scheinen, hat sie bei ihren Fahrten zwischen Ost- und Westberlin kennengelernt. Grüße Berlin, die Stadt unserer Liebe, hat ihr Rudi telegrafiert. *Nett gemeint, aber der hat ja keine Ahnung. Berlin ist hochmütig und anmaßend. War noch nie anders. Was bilden die sich eigentlich ein mit ihren beiden mickrigen Hälften?*
Sie freut sich auf Warschau, wo sie noch nie gewesen ist. Gleich am Flughafen wird sie ihre Musiker, die aus Paris, und Burt Bacharach, ihren Arrangeur und Bandleader, der aus New York anreist, treffen. Bei den Polen wird sie sich zu Hause fühlen. *I love sad songs and the polish audience likes sad songs too. In welchem Koffer sind eigentlich die Sandmännchen untergebracht?* In Warschau wird sie die nicht loswerden, aber wenn sie wieder in Paris ist, dann wird sie sie in einem Waisenhaus abgeben. Ist doch eine schöne Geste. Dieser Gedanke amüsiert sie.
Die Zeichen für das Rauchverbot sind ausgeschaltet, und in der Kabine macht sich der Geruch nach frisch angezündeten Zigaretten breit.

Jetzt werde ich erst mal eine rauchen, und dann bin ich auch schon da. Ungeduldig kramt sie in ihrer Tasche nach den Zigaretten. *Habe ich die Nil etwa aufgeraucht? Der Brandt hat mir doch eine fast volle Packung geschenkt. Ups, was ist denn das?* Mit spitzen Fingern zaubert sie ein Stück Papier aus ihrer Handtasche, liest, lächelt und zerreißt es in kleine Schnipsel.

Dazu singt sie leise »Ich hab' noch einen Koffer in Berlin …«.

IN THE SKY (WITH DIAMONDS)

MARLENE DIETRICH hat noch achtundzwanzig Jahre gelebt. Elf davon tingelte sie durch die Welt. In Paris, in Moskau, in Tokio, in Warschau, in Oslo und in New York stand mit ihr ein Soldat des Zweiten Weltkriegs auf der Bühne. Eine Künstlerin, die mehr Monate an der Front verbracht hatte als Präsident Eisenhower, hielt die Erinnerung an einen Krieg wach, der das Jahrhundert in zwei Hälften geteilt hatte. Den Beifall, den sie, verbeugt und mit durchgedrückten Knien, entgegennimmt, ist der Beifall für ihr ganzes Leben.

Nach einem Sturz zieht sie sich 1976 in ihr Pariser Appartement in der Avenue Montaigne zurück. Dieses Appartement wird sie bis zu ihrem Tod im Mai 1992 kaum mehr verlassen. Das Scheinwerferlicht hat sie selbst abgeschaltet. Den Kontakt zur Welt hält sie über Briefe und Telefonate aufrecht. Sie klagt über Einsamkeit und Hunger, doch sie duldet niemanden bei sich. Die Wände sind übersät mit Bildern derer, die sie liebte und die sie geliebt haben. Immer wieder ordnet sie die Fotografien, liest alte Briefe, sucht in ihren Schränken nach Chanel-Kostümen, die sie sowieso nicht mehr anzieht, rezitiert Rilke oder liest Handke und poliert ihre Medaillen. Und sie wird den Beifall von früher rauschen hören. Was für einen Empfang haben ihr die Polen im Januar 1964 bereitet! Alle Konzerte waren restlos ausverkauft. Viertausend Zuhörer saßen, eintausend standen. Das Publikum und sie waren eins. Sie sangen und sie weinten zusammen. Abseits ihrer Verpflichtungen hatte sie sich nur einen Termin frei gehalten: Mit einem großen Strauß Blumen im Arm fuhr sie zum

Denkmal der Helden des Ghettos. Sie war allein. Unter ihrem Kopftuch hatte sie wieder dieses kleine traurige Gesicht. Nachdem Marlene Dietrich die Blumen abgelegt hatte, weinte sie. »For the sins of my fatherland«, wie sie in einem Brief schrieb.

WOLF KAISER spielte über vierhundert Mal den Mackie Messer. Er identifizierte sich so sehr mit dieser Rolle, dass er am Ende selbst daran glaubte, Mackie zu sein. Von Bert Brecht persönlich entdeckt, spielte er viele Jahre am Berliner Ensemble, wirkte aber auch in diversen Filmen und Fernsehsendungen mit. Wenige Tage vor seinem 76. Geburtstag im Oktober 1992 sprang er aus einem Fenster seiner im vierten Stock an der Friedrichstraße gelegenen Wohnung in den Tod. Nach der Wende war er nicht mehr gefragt gewesen. Die Entwertung seiner Kunst hat er nicht überlebt.

Egon Bahr war mit Bundeskanzler **WILLY BRANDT** zu Gesprächen nach Warschau gereist. Es ging um die definitive Anerkennung der Oder-Neiße-Grenze durch die Bundesrepublik Deutschland. Es ist der 7. Dezember 1970. Auf dem Besuchsplan stand eine Kranzniederlegung am Denkmal für die Helden des Warschauer Ghettos. Bahr hat sich etwas verspätet und schlendert mit einem Begleiter aus der Delegation langsam zum Ort des Geschehens. Der Blick ist ihm durch eine Wand aus Presse- und Kameraleuten verstellt. Plötzlich wird es ganz still. Er tippt einem Mann vor sich auf den Rücken. Der dreht sich um und flüstert: »Er kniet.«
Am selben Abend hat er einen Whiskey mit Willy Brandt getrunken und ihm, befangen und doch begeistert, gesagt: »Das war aber doll.« Und Brandt entgegnete, er habe das Gefühl gehabt, Kranz niederlegen genüge nicht.
Hermann Schreiber, der als Journalist in der vordersten Reihe stand,

wird im *Spiegel* schreiben: »Dann kniet er, der es nicht nötig hat, da für alle, die es nötig haben, aber nicht da knien – weil sie es nicht wagen oder nicht können oder nicht wagen können. Dann bekennt er sich zu einer Schuld, an der er selber nicht zu tragen hat, und bittet um Vergebung, derer er selbst nicht bedarf. Dann kniet er da für Deutschland.«

RUT BRANDT hat 1992, in dem Jahr, in dem Willy Brandt gestorben ist, ihre Erinnerungen veröffentlicht. *Freundesland*, so der Titel, war in Deutschland ein riesiger Erfolg, vielleicht nicht zuletzt deshalb, weil sie kein böses Wort über die Wahl ihres Mannes wie über die Wahl des Landes verloren hat. Die Arbeitertochter war eine elegante Intellektuelle, die keinen Hehl daraus gemacht hat, dass sie durch den norwegischen Widerstand gegen die deutsche Besatzung geprägt worden ist. Das Paar hatte eine große Zeit, die beiden haben sich aber nach dem Rücktritt von Willy Brandt auseinandergelebt. Sie hatte ihm geraten, hart gegen Wehner und milde gegen sich zu sein. 2006 ist Rut Brandt in Berlin gestorben. Sie ist wie ihr früherer Mann auf dem Waldfriedhof in Berlin-Nikolassee beerdigt. Zehn Jahre nach ihrem Tod wurde auch ihr ein Ehrengrab zugesprochen. Es sind wenige hundert Meter zwischen den beiden Gräbern.

EGON BAHR hat als Einziger in der Fraktion nicht geklatscht, als Willy Brandt seinen Rücktritt als Bundeskanzler erklärte. Er konnte nicht, denn er hielt seine Hände vors Gesicht, um seine Tränen zu verbergen. Bahr war und blieb der wichtigste Vertraute Willy Brandts, ob als Staatssekretär im Bundeskanzleramt, als Bundesbevollmächtigter für Berlin oder als Bundesminister für besondere Aufgaben. Zwischen die beiden passte kein Blatt Papier. Bahr starb 2015 in Berlin. Wie Wolf Kaiser ist er auf dem Dorotheenstädtischen Friedhof beerdigt.

WALTER ULBRICHT blieb seinem Spitzbart bis zum bitteren Ende treu. 1968 unterstützte er die gewaltsame Niederschlagung des Prager Frühlings und mobilisierte die NVA. Im Mai 1971 drängte ihn sein treuester Paladin, Erich Honecker, der hinter seinem Rücken mit dem Sowjetchef Leonid Breschnew konspirierte, zum Rücktritt. Ohnmächtig und schwach musste Ulbricht seiner Demontage zusehen. Auf einem Geburtstagsfoto vom Juni 1971 sieht man den alten Mann im Hausmantel mit Puschen an den Füßen die Glückwünsche entgegennehmen. 1973 ist Walter Ulbricht in Berlin gestorben. Er wurde auf dem Zentralfriedhof Friedrichsfelde in der Gedenkstätte der Sozialisten begraben.

HERBERT WEHNER legte, als Willy Brandt am 7. Mai 1974 vor der SPD-Fraktion seinen Rücktritt als Bundeskanzler begründete, Brandt einen Strauß fünfzig dunkelroter Rosen auf seinen Platz. Ein Jahr zuvor hatte er bei seinen Genossen in Moskau über den Kanzler gesagt, »der Herr badet gerne lau«, und sich in fast obszönen Hinweisen auf dessen Liebesleben gefallen. Der Onkel hatte in bewährter Manier hinter den Kulissen die Fäden bei diesem Rücktritt gezogen, um dann dem Verratenen wie ein Liebender rote Rosen zu schenken. Brandt ließ die Rosen wie auch Wehner links liegen.
Herbert Wehner war von 1969 bis 1983 Vorsitzender der SPD-Fraktion im Deutschen Bundestag. Als ihm zunehmende Demenz die Arbeit unmöglich machte, schied er 1983 aus dem Bundestag aus. Am Abend des 9. November 1989 setzte man ihn vor den Fernseher, aber er wusste mit den Bildern der jubelnden Menschen nichts anzufangen. 1990 ist der Onkel gestorben. Sein Grab befindet sich auf dem Burgfriedhof in Bonn-Bad Godesberg.

HEINRICH LÜBKE wurde am 1. Juli 1964 in der Ostpreußenhalle in Berlin mit den Stimmen der CDU und der SPD zum Bundespräsidenten gewählt. Seine zweite Amtszeit stand unter einem schlechten Stern. Nicht nur, dass seine Gesundheit angegriffen war, er sah sich zusätzlich Vorwürfen über seine Verstrickung mit dem nationalsozialistischen Regime ausgesetzt. Seine Unschuld wurde nie bewiesen. Am 30. Juni 1969, drei Monate vor Ablauf seiner Amtszeit, trat er zurück. Lübke ist 1972 gestorben. Beigesetzt wurde er im Familiengrab in seinem Heimatort Enkhausen. Willy Brandt nahm als Bundeskanzler an der Trauerfeier teil.

TOM OSBORNE wurde 1965 an eine weitere Front des Kalten Krieges, nämlich nach Laos, abberufen, wo erneut ein Bürgerkrieg ausgebrochen war. Er hatte nicht viel zu tun, und am Mekong sitzend, sehnte er sich nach seiner Zeit im geteilten Berlin zurück. 1970 wechselte er vom MI6 zum international tätigen Mineralölkonzern British Petroleum. Als er genügend Geld verdient hatte, kaufte er sich 1993 ein Haus in den Yorkshire Dales. Dort ist er 2018 gestorben. Osborne, der nie mehr nach Berlin zurückgekehrt ist, wurde an dem an die Heide grenzenden Friedhof St Thomas A. Becket Churchyard in Heptonstall begraben.

AENNE SCHWARTZ ALIAS JENNY MULACK ging zehn Jahre vor dem Mauerfall in Rente, und so musste sie nicht mehr zusehen, wie die Bundespolizei in das Generalshotel einzog. Über ihre Freundin Käte kam sie an einen Job bei der Volksbühne. Das war praktisch, lag die Volksbühne doch direkt hinter ihrer Wohnung. Aenne war verantwortlich für die abendliche Öffnung der Säle. Wenn Not am Mann war, stand sie an der Garderobe oder riss Karten ab. Nach der Wende wurde Aenne übernommen und erlebte nochmals eine große Zeit. Politik interessierte sie nicht mehr, sie lebte im Theater, genauer gesagt in den Inszenierungen von Frank Castorf. Die Aufführungen konnten ihr gar nicht lang genug sein. Ohne viel zu wissen, verstand sie bei Castorf alles. Aenne Schwartz ist 2002 gestorben und wurde auf dem Französischen Friedhof in der Oranienburger Vorstadt beigesetzt.

Das **GENERALSHOTEL** wurde Ende der 1940er-Jahre im Auftrag der Sowjetischen Militäradministration in Deutschland gebaut. Es war für die Unterbringung sogenannter Spezialpassagiere, das heißt hoher sowjetischer Militärs, gedacht. Das Generalshotel war von einem großen Park umgeben, seine Fassadengestaltung außergewöhnlich und seine Innenausstattung mit kunstschmiedeeisernen Geländern, Stofftapeten, Wandverkleidungen aus Marmor, Kronleuchtern und Kassettendecken luxuriös. 1961 ging das Gebäude in den Besitz der DDR über und befand sich nunmehr auf dem Gelände des zivilen Flughafens Schönefeld. Es diente der »Sonderabfertigung für Generale und Persönlichkeiten der Politik und Wirtschaft«, wie Olof Palme, Leonid Breschnew, Indira Gandhi, Juri Gagarin oder Fidel Castro. Nach der Wende zog dort die Bundespolizei ein. Ab 2022 stand das Generalshotel leer. Der Protest gegen den Abriss des eingetragenen Baudenkmals kam zu spät, und im Februar 2024 war nichts mehr von dem prachtvollen Gebäude übrig. Die Fläche wird irgendwann als Aufstellbereich für die Flugbereitschaft der Bundesregierung benötigt werden, heißt es.

Mitten im Pariser Frühling ist **MARLENE DIETRICH** am 6. Mai 1992 in der Avenue Montaigne zwölf gestorben. Die Trauerfeierlichkeiten fanden im »Tempel des Ruhms«, wie Napoleon die Kirche La Madelaine bezeichnet hat, statt. Auf Dietrichs Wunsch wurde ihr Sarg mit der Trikolore bedeckt. Ihre Orden werden hinter dem Sarg hergetragen.

Es wird Johann Sebastian Bach gespielt und ein französisches Gedicht von Rainer Maria Rilke vorgetragen. Am Abend wird der Sarg nach Berlin geflogen. Dietrichs Tochter wollte, dass die Trikolore durch Stars and Stripes, die amerikanische Flagge, ersetzt wird. Eine im Deutschen Theater angekündigte Feier zu Ehren Dietrichs wird vom Berliner Senat abgesagt. Politisch zu heikel. Internationale Prominenz lässt sich auf dem Begräbnis nicht blicken. Was bleibt, ist ein kleines Ehrengrab auf dem Friedhof Friedenau in der Stubenrauchstraße. Bevor sie Deutschland verließ, hat Marlene Dietrich hier um die Ecke gewohnt. Um sie herum haben ihre Mutter, Oskar Pastior, Soraya Schlemmer, Helmut Newton und Alice Springs ihre letzte Ruhe gefunden. Marlene Dietrich hatte nach der Zwischenlandung im Januar 1964 Berlin nie mehr besucht. Warum sie dort begraben werden wollte, bleibt ihr Geheimnis.

Fast auf den Tag genau fünf Monate später, am 8. Oktober 1992, stirbt **WILLY BRANDT** in seinem Haus in Unkel am Rhein. Egon Bahr gehörte zu seinen letzten Besuchern. Brandts Leichnam wird nach Berlin überführt, wo er mit einem großen Staatsakt im Reichstag geehrt wird. Sein Sarg ist von der deutschen Fahne bedeckt. Die Berliner Philharmoniker unter Claudio Abbado spielen Franz Schuberts Unvollendete. Politische Weggefährten wie Michail Gorbatschow, Felipe González, François Mitterand, Schimon Peres und Boutros Boutros-Ghali sind nach Berlin gekommen, um Brandt die letzte Ehre zu erweisen. Willy Brandt bekommt ein Ehrengrab auf dem Waldfriedhof in Berlin-Nikolassee.

Osten
Westen